九十九ホールディングス株式会社
九十九《つくも》弥彦《やひこ》
帝王
［自己株］
時価総額：1兆円
新地平の
イノベーター
［自己株］
時価総額：8,000億円

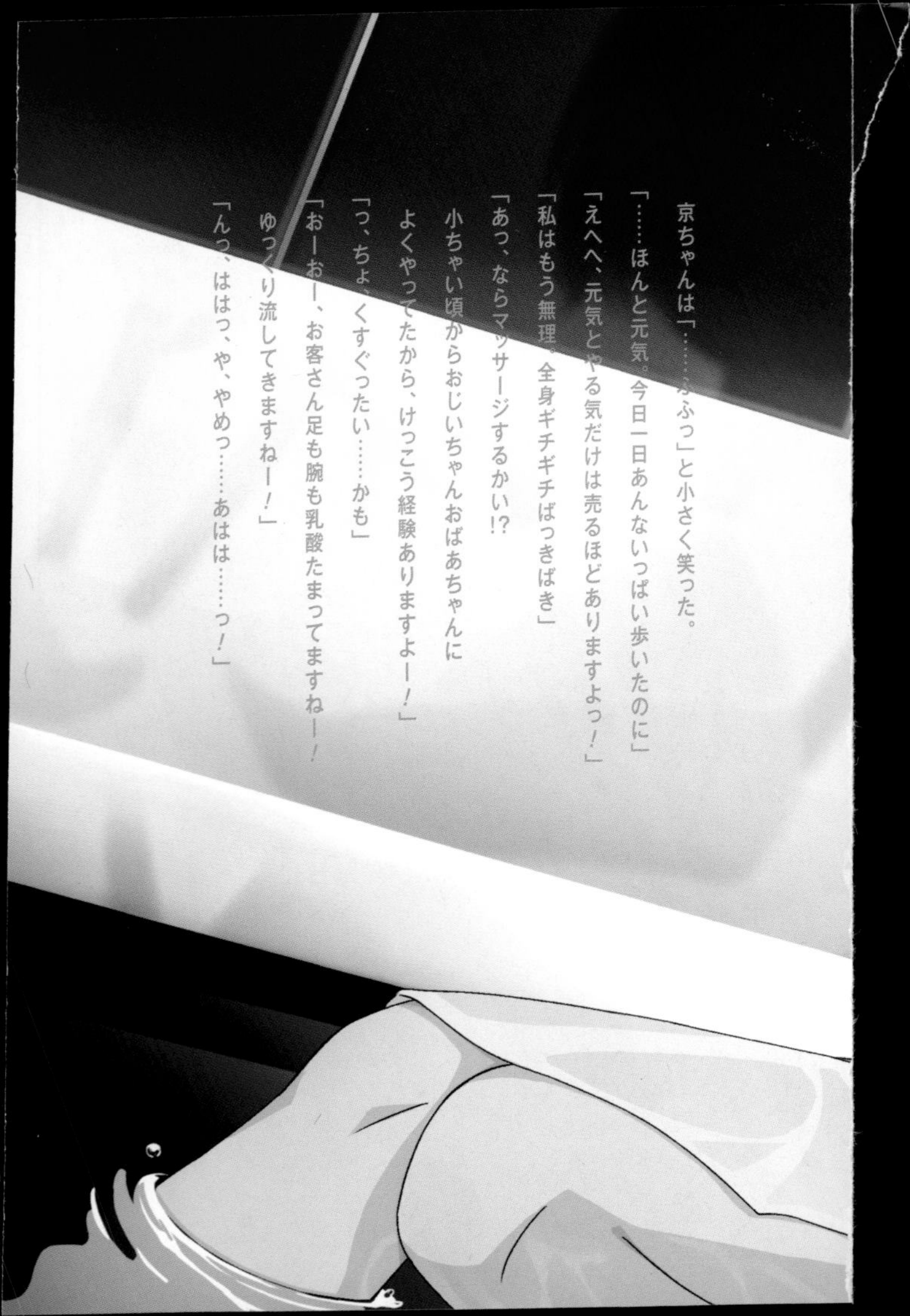

京ちゃんは「……ふふっ」と小さく笑った。

「……ほんと元気。今日一日あんないっぱい歩いたのに」

「えへへ、元気とやる気だけは売るほどありますよっ！」

「私はもう無理。全身ギチギチばっきばき」

「あっ、ならマッサージするかい!?

小ちゃい頃からおじいちゃんおばあちゃんに
よくやってたから、けっこう経験ありますよー！」

「っ、ちょ、くすぐったい……かも」

「おーおー、お客さん足も腕も乳酸たまってますねー！

ゆっくり流してきますねー！」

「んっ、ははっ、や、やめっ……あはは……っ！」

5
調布《ちょうふ》乃栄《のえ》
株式会社 西京エタニア
令和のハイカラ娘
［自己株］
時価総額：3,200億円
6
唯村《ただむら》阿久麻《あくま》
株式会社ハッピー・ハッピー
???
［自己株］
時価総額：2,000億円

7
真琴《まこと》成《せい》
Makoto&Company,Inc.
成功請負人
［自己株］
時価総額：1,100億円
19
環《たまき》伊那《いな》
株式会社島はいーとこいちどはおいで
???
［自己株］
時価総額：130億円

His and Her Business Plans.

彼とカノジョの事業戦略《ビジネスプラン》2 [His and Her Business Plans.]

詐欺師は、〝嘘〟をつかない。

初鹿野 創 [illust.] 夏ハル

So Hajikano Presents

Characters

真琴《まこと》 成《せい》 ―― ビジネス界で有名な天才コンサルタント。Makoto&Company,Inc.代表取締役社長。通り名は<成功請負人>。

環《たまき》 伊那《いな》 ―― 小笠原諸島出身の、元気いっぱいな少女。株式会社島はいーとこいちどはおいで代表取締役社長。

大島《おおしま》 陸《りく》 ―― 成の幼馴染。京の双子の兄。株式会社大島土建代表取締役社長。

大島《おおしま》 京《きょう》 ―― 成の幼馴染。陸の双子の妹。株式会社大島ハウス代表取締役社長。

九十九《つくも》 弥彦《やひこ》 ―― 九十九ホールディングス株式会社代表取締役社長。通り名は<帝王>。

奏《かなで》 晶《あきら》 ―― SHINE Corp.代表取締役社長。通り名は<新地平のイノベーター>。

調布《ちょうふ》 乃栄《のえ》 ―― 株式会社西京エタニア代表取締役社長。通り名は<令和のハイカラ娘>。

唯村《ただむら》 阿久麻《あくま》 ―― 株式会社ハッピー・ハッピー代表取締役社長。通り名は<???>。

Scammers don't "Lie".

やぁやぁ、ウチ以外のお他人《たにん》サンの諸君！　みんな毎日、元気に楽しくハッピーしてる？それとも毎日、ダリーツレーメンドクセーの三拍子を無限リピートしながら仕方なくガッコ行ったりカイシャ行ったりしてるのかな？

もしくは、周りの顔色ガン見して、空気読みまくって同調圧力に耐えまくって、体も心もあちこちぶっ壊しながら、なんとかカントカ生きてたりするのかね？

あーあー、そりゃーさぞ辛いでしょや。かわいそうかわいそう、よーしよしよし。

まったくこの〝世界〟ってのは、ロクでもないところだよねー。

たいてー誰かに邪魔されて自分がやりたいことなんてできないし、周りの連中のために自分が我慢しなきゃならねーことはいっぱいあるし、リアルでもSNSでもお他人サマに何かと配慮しなきゃいけねーしでさ。

しかもそうやって我慢に配慮を重ねてしてさしあげたお他人サマの方は、簡単に手のひら返しやがるときた。普段は仲良しヅラしてるオトモダチが、保身のために裏切りかましてくるなんてよくあるハナシだしな。

他にもSNSの炎上にたかってる有象無象《うぞうむぞう》なんざ、さして知りもしないお他人サンのことをマウント取ってストレス解消できる娯楽品程度にしか思ってないワケだし。

イヤイヤ、ウチは別にそういうヒトタチを責めてるワケじゃないぜ。むしろそういうヒトタチが大量にいるんだから、逆にそっちの方が自然の姿ってことじゃね？　って思ってる派。

だって、誰だって自分の〝ハッピー〟が一番大事じゃん？

自分よか他人を優先するとか、ありえないじゃん？

だからウチ的には、みんながみんな我慢も配慮もしねーで、他人なんてどーでもいいわーって風に生きてった方が、ゼッタイみんな〝ハッピー〟になれるって思うんだよねー。どーしてみんなそーしないの？

……とかナントカ言っちゃうと「それができたら苦労しない。それが〝世界《げんじつ》〟だ」って、正論パンチマンたちにタコ殴りにされちゃうワケだけど。

んでもまぁ、それがホントに今の〝世界〟だから仕方ねーんだよなー、って諦めるしかないのがジツジョーなんだけどねぇ……。

——なんて。

そんなコトを思ってた矢先に。

『若きビジネスパーソンに、〝世界〟を変革するチャンスを――』

……ひひひ。
なかなかユカイな口説き文句でしょや？
ショージキ、ビジネスとか全くわかんねーし、色々めんどっちい気もするけど……。
まぁ、暇だし？
他にやりたいコトとか、別にないし？
したっけさぁ――。
いっちょ〝世界〟、ぶっ壊してみる？

第一章 〈世界権競争〉説明会 —— His and Her Business Plans.

1 Side:真琴成 ビジネスの王〈BIG《ビッグ》・7《セブン》〉

—東京・国分寺〈カクテル堂コーヒー・国分寺店〉—

〈WBF育英生選抜試験〉が終了し、1週間。

木々の緑が色濃くなり、スーツで汗ばむ日がちらほらと出始めた、5月末。

客先で午前の仕事を終えたオレは、道中の国分寺で電車を降り、街が一望できるカフェで環《たまき》を待っていた。この後、午後から別の予定があるのだ。

「……ふぅ」

オレはエイジングコーヒーのまろやかな甘みを堪能しつつ、外の景色に目を遣る。

眼下に広がる国分寺の街は、静かで落ち着いた空気感に包まれていた。自然とビルとが調和した駅前と、その先に広がる広大な住宅地は、いかにも多摩地区らしい景観だ。

東京駅から快速電車で約40分の位置にあるこの街には、環が住むシェアハウスがある。多摩地区は23区と比べ家賃帯が低いため、ランニングコストを考えてこちらに住んでいるらしい。

仕事《ビジネス》で飛び回ることを考えりゃ、都心のマンションに住んだ方がコスパもタイパもいいんだが……ほんの数か月前まで東京の秘境、小笠原諸島で学生《JK》やってて、内地に来たことすら数回とかいう筋金入りの『島入り娘』にゃ、そこまで考えが及ばなかったんだろう。

まぁ、当時は塩おにぎりが主食になるくらい資金不足だったわけし、敷金だの引っ越し代だの初期費用を考えりゃ仕方なかったのかもしんねーが……つーか、考えれば考えるほど無茶したもんだな、オイ。もし育英生になれなかったらどうするつもりだったんだ、全く……。

そんなことを思いながら、オレは腕時計に目を落とす。

時刻は11時25分——そろそろ来る頃か。

環《たまき》は世間知らずが服着て歩いてるような田舎モンで、いつでも脳みそハッピーなアホ娘だが、時間にはそれなりに正確だ。だいたい集合の5分前にはやってくるし、何らかの事情で遅刻する場合でもちゃんと事前連絡を入れてくる。

性格は超がつくほどのマイペースだから、マメなタイプっつーよりは、他人《ひと》を待たせるコトに負い目を感じる気性なんだろう。

他人の迷惑とか結構気にするからな、アイツ……まぁ〝友達〟だけは遠慮なく売り付けてきやがるが。

「——あっ、成《せい》くん！　お待たせしましたーっ！」

と、噂《うわさ》をすれば影、という感じで。

今日も今日とて、元気満点ハッピー全開ってツラ構えの環が、軽い足取りでオレの座る席までやってきた。

「やー、今日はやっと適温だ！　本土って5月でも寒いんだねー」

ストンと正面の席に腰を下ろした環は、最初に会った時と同じリクルートスーツ《リクスー》姿だ。

それから水を持ってきた店員に「ＢＬＴサンドをホットコーヒーのセットでお願いします！」とランチを注文する。オレは顧客《クライアント》と済ませちまったから、頼んだのは環だけだ。

「島だとね、もう半袖《そで》の時期なんだ！　そろそろ普通の水着で海にも入れるよ！」

「ふぅん……そんなあったけーのか」

小笠原は緯度的には沖縄と同じくらいなので、気候も似たような感じなんだろう。まぁコーヒーが育つくらいだからな。年間通して温暖な亜熱帯地域ってことだ。

環はふすーと鼻息荒く言う。

「海開きはお正月に終わってるから、ダイバーさんとかは普通に冬でも潜ってるけどね！　海水浴、ってことなら5月くらいからがオススメ！」

「真冬に海開きってのはすげーな……つか、普通はどのくらいから泳げるモンなんだ？」

「内地だとたぶん7月とか？　成くん、内地の人なのに知らないのかい？」

「オレの仕事にゃ全く関係ねーからな。つーかそもそも、海で泳いだこと自体ねーし」

仕事で埠頭《ふとう》だ漁港だに行くことは多々あれど、海水浴という形でビーチに行った記憶はない。だから季節的にいつから泳げるか、なんてのは今まで気にしたこともなかった。

「ええっ!? よ、世の中にそんな人がいるのかいっ!?」

「そりゃいるだろ……まぁ、南の島じゃ天然記念物モノかも知れねーが」

ガーン、とカルチャーショックよろしくな顔で驚いた環《たまき》は、次の瞬間、いいこと思いついたって様子でポンと手を叩《たた》く。

「あっ！ じゃあじゃあ成《せい》くん！ 今度さ、海行こうよ！」

「……ハ？」

「ミーがばっちり泳ぎ方から素潜りの仕方まで教えちゃいます！ これでも一応、海とは18年の付き合いなので！」

どやん、と胸を張る環。

18年だと生まれた瞬間から付き合ってることになるがな……。

オレは呆《あき》れた顔で言う。

「イヤ、別に必要ねーだろ。なんで今更そんなコトしなきゃなんねーんだ」

「だって楽しいよ！ すっごい綺麗《きれい》だし気持ちいいよ！ ぷかぁーっ、てしてるだけでめっちゃ癒やされるよ！」

「アホ、そもそも遊んでる暇なんかあるか。いよいよ今日から〈世界権競争〉が始まるんだぞ」

そう、今日の午後からの予定とは、まさしくその説明会に参加することだった。

――WBF日本支部にて、日本中の若手経営者から選抜された総勢20名の〈育英生〉によって行われる〈世界権競争〉。

大手総合企業、不動産開発業、証券・金融業、自動車産業、人材派遣業――まさしく各業界の代表ともいえる面々が集《つど》った中で、『〝世界〟に対する挑戦権』と称される『資金援助10兆円』を巡って競い合う真剣勝負《コンペティション》。

やりようによっては、一国の経済をも左右しうる競争《たたかい》である。

それが生半可なものになるわけがなかった。

「この前の選抜試験《ぜんざ》とはワケが違う。やることの規模も桁《けた》違いなら、競う相手も日本屈指の強者《つわもの》揃《ぞろ》いなんだからな」

少なくとも、試験の時みてーなオレの小細工《M&A》程度で渡り合える相手じゃ、絶対にない。

「特に、だ」

オレは気持ち声のトーンを固くして言う。

「オレよりも〈自己株〉時価総額が上の連中――アイツらはまさしく、ビ、ジ、ネ、ス、の、王、だ」

「お、王様……？」

オレの言い様に気圧《けお》されたのか、環《たまき》が体をカチンと強ばらせる。

「普通の育英生が各業界の『専門家《スペシャリスト》』だとしたら、ヤツらはその専門家を複数従える『支配者《ドミネーター》』

——つまり、経営者《しゃちょう》の上に立つ経営者《しゃちょう》ってコトだ。当然、動かせるカネ・モノ・ヒトのスケールも違えば、当人の純粋な経営能力もレベルが違う」

ごくり、と環が唾《つば》を飲み込む。

「誰が言い始めたのか知らねーが、人呼んで〈ＢＩＧ《ビッグ》・７《セブン》〉——上位の７人はそう呼ばれている。オレはさておくとしても……他の連中はまさしくその言葉にふさわしい超大物ばかりだ」

「び、びっぐせぶん……」

名前だけですごそう……と呟《つぶや》く環。

オレはキッと厳しくした目で環を見る。

「おそらく〈世界権競争〉では、自分の会社の事業内容だの業績だのが密接に関わってくる。アンタの会社も資本金の増資で多少真っ当になったとはいえ、所詮見てくれだけ。事業実績がなけりゃハリボテに変わりはない」

「うっ……」

「そんな状況で、のんびり海水浴なんて楽しんでる余裕があると思うかよ？」

「ごめんなさい……」

環は、しゅん、と肩を落として萎縮《いしゅく》してしまった。

……ちょいキツく言いすぎたか？　多少フォローもしといた方がいいか……。

「——でもさでもさ」

なんて考えていた時、チラリ、と環が上目がちにこちらを見た。

「会社で、島おこしするならさ。まずはちゃんと、島の良さを知らなきゃじゃないかい？」

「ム……」

「名物とか名所とか……みんなにいいな、って思ってもらえるところを、自分の目で見たり、体験したりするのは大事じゃないかい？」

「ぐ……」

「海に行くのもその一環ってことなら……ダメかい？」

そうせつなげな顔で言われてしまって、思わず唸《うな》る。

……確かにその言い分には、一理ある。

基本的にどんなビジネスでも、現場で直接経験することに勝る価値はない。ネットや本で集められる情報だけじゃ得られるものはごくわずかな知識だけであり、言語化できないノウハウや現場感覚というものが必ず存在するからだ。

しかも往々にして、そういう非言語的な感覚というのがビジネスの勘所だったりするのだ。

とにかく『つべこべ言わずにまずはやってみろ』というのがオレの——オレの養父の持論《しじょう》だ。

「……ハァ……」

その原則《モットー》に則《のっと》るならば、まぁ……環《たまき》の言うことは、間違ってねー。

オレは気まずげに窓の外に目を逸《そ》らしてから、頬杖《ほおづえ》をつく。

「……わかった、わかったよ。ビジネスに関係しそうだって判断できたらな」

「わぁっ……！」

途端に、ぱぁっ、と顔を輝かせる環。

「やったー！　じゃあじゃあ、今度ぜったい島に来てね！　ミーのおすすめスポット教えるからーっ！」

「フン……」

どのみち環のビジネスの業態を確定させるためにも、一度は島へ足を運ばなければならないと思っていたところだ。そのタイミングに合わせての観光資源の調査という建前なら、ギリ許容範囲内だろう。

現状、環個人の力でしか戦えないからな……会社《そしき》の力を使えない状況はとっとと脱却したい。

そう結論づけて、オレはコーヒーを口に運ぶ。

「あっ！　それなら本土にいるうちに新しい水着買わなきゃっ！」

「――っ」

一瞬コーヒーが気道に詰まりそうになったが、それを無理やり堪えてゴクンと胃に押し流す。

っぶねぇ……！　嫌なタイミングで妙な反応するハメになるところだったじゃねーか！

コイツのド天然にはだいぶ慣れてきたが、未だに反応に困る時が多くて参る。つーか、なんでわざわざ男の前でそういうコト言いやがる、この歩くコンプラ案件めが。

オレは極力環の方を見ないようにしながら素知らぬ顔でコーヒーカップをソーサーに戻すが、結局手持ち無沙汰《ぶさた》でまたカップを口に運んだ。

「吉祥寺とか原宿とかも行ってみたいな！　内地だといっぱいかわいいのありそうだよねっ！」

「……」

アーアー、聞こえねー聞こえねー、まるで興味ねー。

だがそんなオレの明らかなガン無視を気にした風もなく、環はお気楽顔のまま続ける。

「でもね、なんやかや毎年新しいの買ってるから、夏前はいつもお小遣いがピンチなんだー」

「……」

「もうちょっと伸縮性のある素材のやつとかないかなぁ？　すぐサイズがキツくなっちゃわないやつ」

「……っ、ゴホッ、ゴホッ！」

ああクソっ！　結局咽《む》せちまった！

諸悪の根源は「えっ、急にどうしたのかい!?」とかなんとか、微塵《みじん》も自分が悪いとは思ってねーって顔で卓上ナプキンを差し出してくる。

オレは咽《む》せながらそれを受け取ろうと視線を環《たまき》の方へ向けるが、ちょうど向いた先が前屈みになっていた環の胸元で、余計に咽せてしまった。

うげほっ、えげほっ……！　ちくしょうこのナチュラル色ボケ、オレを殺す気か……っ！

しばらく顔を伏せたままなんとか呼吸とメンタルとを整え、やっと落ち着いたところで元の姿勢に戻る。

環は、ほっ、と安堵《あんど》の息を漏らし、それから「あっ」と何かを思い出したように声を上げた。

ああクソよかった、やっと話が別の方向へ――。

「じゃあさ！　成《せい》くんも一緒に水着選びに――」

「続くのかよチクショウがっ！　んなもん断固拒否だ、断固拒否！」

「えーっ!?　そんなめっちゃ拒否!?　なんでー!?」

「なんでもクソもねーわ、この歩くコンプラクラスター爆弾が！」

ああもう、毎度毎度しまらねぇ……！

2 Side：真琴成 〈アクマちゃん〉と〈皇帝〉

―東京・赤坂〈WBF JAPANビル〉―

もはや恒例のすったもんだを挟みつつも、オレたちは予定通りＷＢＦのビルまでやってきた。5月のすっきりとした日差しが差し込む大きなガラス屋根の広場を通り抜け、建物内の受付を素通りして明らかに一般客お断り、ってエリアに向かう。

入り口の透明アクリルパネルのゲート前に立つと、ポーン、という音とともに自動的にパネルが開いた。

「おおー！　ほんとにゲートを素通りできるんだね！」

「育英生バッジに認証チップが入ってるからな。一応オレらも関係者って扱いだから、ビル内なら基本どこでも入れるはずだ」

そんなことを話しながら、施設関係者用のエレベーターホールへと向かう。

今回の集合場所は、51階の大会議室だ。試験の時の会場はあくまで式典用なので、今後は内部の会議室が主な集会場になるんだろう。

左右にいくつも並んだ低中層階用のエレベーターを横目に『高層階用エレベーターホール』の案内に従って歩く。50階未満の低中層階は主に貸しオフィス区画だから、ＷＢＦの占有区画である高層階とは場所が分かれてるんだろう。

通路の突き当たりを右に曲がり、しばらくいったところで、やっと目的の高層階行きのエレベーターホールに辿《たど》り着いた。

低層階側とはまるで違い、周囲に人気《ひとけ》は皆無だ。２台あるエレベーターは運悪く両方とも出たばかりのようで、戻ってくるまでしばらく待たなければならなそうだった。

「陸《りく》くん京《きょう》ちゃんに会うのも久しぶりだね！　元気してるかなー」

隣に並んで待っている環《たまき》がニコニコと緊張感のない顔でそう言う。

「今日は他の人たちともお話ししてみたいな！　前の時は誰とも話せなかったし！」

「……イヤ、アンタは軽々しく他のヤツと接するな」

「はえっ、どういうことかい⁉」

素《す》っ頓狂《とんきょう》な声を上げる環。

オレは気持ち真面目《まじめ》なトーンで言う。

「ヘタすっと、連中に呑まれるからだ」

「呑まれる……？」

オレは、ふぅ、と息を吐いてから語り始める。

「一流を超えた超一流のビジネスパーソンってのはな。全員、存在が常識離れしてる」

「ど、どういうことかい……？」

「在り方や考えが独特、ってことだ。一般人と同じ感覚で物事を判断しねーし、価値基準も庶民のそれとは全く違う。なんせ『人混みが嫌だから』ってだけの理由でジェット機買うような連中だぞ？」

「お、おおぅ……」

「そして全員漏れなく商売人だから、口はやたら回る。ぼんやりしてっと、すぐに言いくるめられて信者《しゃいん》の出来上がりだ」

誰もが自分だけの独特な〝世界《ルール》〟の中に生きていながら、その思考は極めて合理的で現実的。明らかに常人離れした価値観を持ちながら、人々《社員たち》に支持されるカリスマ。人語を話す『異星人』、あるいは言葉巧みに人を騙《だま》す『悪魔』。

それが超一流のビジネスパーソンである〈育英生〉であり、その中でもさらに一握りの実力者が〈ＢＩＧ《ビッグ》・７《セブン》〉だ。

ごくり、と環が唾《つば》を飲み込む。

「き、気をつけます……」

「そうしろ。まぁアンタはそうそう簡単に曲げられるタマじゃねーだろーが……ひとまず気軽に〝友達〟になろーとすんのだけは控えとけ」

「了解しました……」

「とにかく今日は、大人しく様子見だ。そのうち機会を見つけてじっくりと――」

と、そんなことを話していた――。

直後。

「――わっ！　だーれだ！」

「うおっ!?」


背後から飛んできた声とともに、突然視界が真っ暗になった。

「お、オイっ！　急になんだっ、誰だ!!」

「えー、それを聞いてるのはこっちなんですけど。ホラホラ、だーれだ？」

どうやらオレの目は後ろから抱きついてきたソイツの両手で隠されているようで、クラクラするような甘ったるいチェリーの香りと、背中にぴったりと密着した体の感触が伝わってくる。

声色からして明らかに女であることはわかるが、全く心当たりはない。

ああクソッ、またコンプラ案件《このパターン》かよ……！　どいつもこいつもいい加減にしろっ！

「されるがまんまだと思うなよ、コラっ！」

「おっとと、やーん乱暴ー」

オレは目を覆う手を掴《つか》んで引き離し、2、3歩前へ距離を取ってから振り返る。

そこに立つ女は、とんでもなく奇抜な格好をしたヤツだった。スーツが常識の場にもかかわらず、着ている服はサイケデリックなシャツにパーカ。ネイルもアクセもゴテゴテにキメていて、渋谷あたりを歩いてた方がよっぽどサマになるファッションだ。

やはり面識はない。というかこんな尖《とが》った外見のヤツ、一度見たら忘れるはずがない。

――イヤ、待て。

「ふーん……別に恋人ってワケじゃないんだ、キミら。反応鈍いもんな」

ソイツはニヤニヤと環《たまき》とオレとを見比べながら、そんなことを言う。

遠目にだが――似たような背格好のヤツを、見た記憶がある。

それは育英生選抜試験、合格発表の時。

つまり――。

「アンタ……まさか、育英生か？」

「ハイハイ、せーかーい。よくできましたー！」

大袈裟《おおげさ》な物言いでパチパチ手を叩《たた》き笑うソイツを見て、ポカンとしていた環が「あっ」と声を上げる。

「――もしかして、試験で6番だった〈唯村阿久麻《ただむらあくま》〉さんじゃないかい!?」

6番……？

そう聞いて、ハッとする。

ソイツはニィッ、と歯を見せて笑うと——。

「だーいせーかーい！

そーです、ウチがみんな大好き、いつでもハッピー〈アクマちゃん〉でーす！」

よろろー！　とピースサインとともにウインクを飛ばしてきた。

——〈株式会社ハッピー・ハッピー〉代表取締役社長〈唯村《ただむら》阿《あ》久麻《くま》〉

選抜試験開始時点の順位は１００位。そこからいかなる手法を使ったか、元６位の経営する投資ファンドを丸ごと吸収合併し、一躍〈自己株〉を２０００億にまで急上昇させ合格した異例の大実績を持つ。

元の会社は〈合同会社ハッピー・ハッピー〉で、本社の登記は北海道稚内《わっかない》市。現在の事業領域は元６位を踏襲してか『投資ファンド』となっているが、試験時の企業実態は一切謎。

当人の得意分野も経歴も、その全てが闇に包まれている、環《たまき》を上回るダークホース中のダークホースである。

——まさか、こうして早々に対面することになるとはな。

基本的に、ランキング上位の連中とは面識がある。他の育英生《メンバー》についても、調べられるだけの情報は調べたつもりだ。

だが、唯村《ただむら》だけはほとんど何も掴《つか》めていなかった。なぜなら会社設立がごくごく最近であり、業務実績が何一つ見当たらなかったからだ。

つまりは——環《たまき》と同じ、ポテンシャルと才能だけが評価されたビジネス素人。

にもかかわらず、オレのようなコンサル《サポーター》なしで6位にまで成り上がった曲者《くせもの》の中の曲者——。

要は、最大限の警戒を以って当たるべき相手、ということだ。

「……それで、いきなり何のつもりだアンタ。ビジネスマナーも何もあったもんじゃねーな」

オレはネクタイを締め直し、さりげなく環と唯村の間に立つ。

接触の目的が見えない以上、いきなり環に対応させるのは荷が重すぎる。

なんせコイツは、企業買収・M&Aを専門にしていた前6位を、同じやり口で丸呑《の》みにした素人だ。なぜそんなことができたのかはまったくの謎だが、今や前6位はただの取締役の一人、つまりコイツの部下に成り下がっている。

そんなことができるヤツ、どう考えても真っ当じゃない。ここはオレの方で対応すべきだ。

唯村はニヤニヤと笑いながら何の気なしに言う。

「別になんもー？　ただ同じ育英生《オナカマ》サンを見つけたから、いっちょ挨拶《あいさつ》しとくかーって思っただけだよ——ウチの一つ下の順位の7番クン、、、」

……当然「お前のことは知ってるぞ」ってか。

前6位は職種柄、情報通だった。一方的にこちらの情報を掴まれてても不思議じゃない。

「……そうかよ。だったら普通に話しかけてくりゃいーだろうが」

「えー、だってそれじゃおもんなくない？　急に知らない美少女に『だーれだっ』された方が色々捗《はかど》るかなー、って思って」

「なわけあるか。不審者として通報されてーのか、アンタ」

「え、嘘《うそ》じゃん。そこは『ラッキー役得』って喜ぶべきでしょや。うら若き乙女のハグだぞ？」

「アホが、だから余計にマズいんだろーが。ちったぁ貞操観念を身につけろ」

「……あはっ！　ヤバ、めっちゃやさしー！」

何がツボに入ったのか、ケタケタと愉快げに笑う唯村。

……とりあえず今のところ、嘘をついているようには見えない。おそらくは思ったことをそのまま口にするタイプで、突発的な思いつきで妙な行動を取るヤツなんだろう。

そう考えると、環と似たタイプに思えなくもねー。

……。

だが——。

「いやぁ、笑った笑った。なかなかおもろそーな人じゃん、キミ」

コイツは、一度も。

まともにオレの目を見ていない。

「まぁ、キミについてはだいたいわかった」

「なに……？」

「それよりも――んん？」

と、不意に何かに気づいたように首を横に向け、エレベーターの方を見る唯村《ただむら》。

オレも合わせてそちらを見ると、そこには――。

特に、何もない。


「ウチは、キミの方が気になるな――〈人殺しの天使〉チャン」


――な。

急に、背後から聞こえた声。

オレが視線を戻すと、もう元の場所に唯村の姿はなかった。


「えっ、人殺しって……!?」

「キミのあだ名だよ、環《たまき》伊《い》那《な》チャン。ちなみに今ウチがつけました！」

オレが慌てて振り返ると、そこには気安い調子で環に話しかけている唯村がいる。

まさか、視線を誘導された……っ？　クソ、手品師みたいなマネしやがって！

唯村はポンポンと親しげに環の肩を叩《たた》く。

「ほら、キミって他人《ひと》の心を射抜くのがとーってもお得意みたいじゃん？　愛の矢でノックダウン《殺し》させちゃうキューピッドをイメージした感じ？　めっちゃカワイイでしょや？」

「お、おおぅ……？　ありがとう……？」

環は面食らったような顔で目をパチパチとさせている。

チッ！　ああ、そうか、目的は環の方ってワケか……！

嫌な予感がしたオレは、それ以上のやりとりを封じるべく、再び二人の間に割って入る。

「そこまでだっ！」

「おっとと。なんだよー、今度は普通にお話ししてたでしょやー」

唯村はぶーと膨《ふく》れっ面《つら》を作ってから「だけど、まぁ」とすぐにニッと笑う。

「その感じ、やっぱりキミの方が射抜かれた側だね？」

「は——」

「キミらについてもだいたいわかった。いやはや、まったくもって——おもしろいじゃん」

オレが発言の意図を聞き返そうと、口を開きかけた時——。

「──寸劇ならば他でやれ。邪魔だ」

──ズン、と。

上から押さえつけられるような、重苦しい声がホールに響く。
思わず黙ってしまったオレたちが、声をした方を向くと──。

「……九十九《つくも》、弥彦《やひこ》」

ぞろぞろと人を引き連れやってきた、特大の威圧感を持った男が、そこに立っていた。

──〈九十九ホールディングス株式会社〉代表取締役社長〈九十九弥彦〉。
江戸時代から続く名門財閥、九十九グループの跡取り息子で、〈史上最も若き総帥《そうすい》〉と呼ばれる天才経営者。幼少期から帝王学を学んで育った、ビジネス界のトップエリートだ。
現経済界とともに発展してきた九十九グループに、ないものはない。軽電、重工業、航空機、国防兵器、素材工学、先端半導体、金融、ＩＴ──まさしく一国を構成するに足るラインナップである。

戦後の財閥解体の憂き目を見てなお、他財閥との合併統合や組織再編によって影響力を回復し、今なお成長を続ける『怪物』。そんな巨大グループを、齢《よわい》22にして束ねる九十九《つくも》の〈自己株〉時価総額は『1兆円』。

その順位は、他の追随を許さない堂々の1位。

他の育英生とは文字通り桁《けた》が違うその男の、ビジネス界での通り名は――〈帝王〉。

「――」

九十九は三つ指で眼鏡を直し、無言でその場に立っている。

これ以上小物と話すことはない、と言わんばかりの傲岸不遜《ごうがんふそん》な態度。その佇《たたず》まいは、とても若手経営者などとは呼べない落ち着きようだった。

そんな九十九の後ろに控えるように立つ面々は、ランキング8位以下のメンバー4人。どう見てもそこで偶然出会ったという風ではなく、完全に派閥《グループ》の一員という雰囲気だった。

……なるほど、このメンバーが。

以前支部長《オヤジ》が言っていた、現経済界から送り込まれた連中――〈現体制派〉か。

「おー、これはこれは〈帝王〉様ご一行のお通りだー、って感じ？　なんかもうみんなガッチガチのお仲間って雰囲気じゃん」

「――」

空気が読めないのか、それともあえて読んでいないのか。唯村《ただむら》は先と変わらない調子でニヤニヤと一行に絡んでいる。

——育英生の半分は、今の〝世界《ルール》〟の恩恵を十二分に受けていて、それを長続きさせることが利益となる連中。いずれもＷＢＦの試験を突破できるだけの実力を持ちながら、〝世界〟の変革を望まない保守勢力だ。

それはつまり、かつて己の〝ビジネス〟で〝世界〟を描き変えようとした養父《オヤジ》の前に立ちはだかり打ち砕いた、現経済界《きとくけん》の連中と同じ。その尖兵《せんぺい》たちである。

オレはオヤジの夢を受け継ぎ、今度こそ〝世界〟変革を成し遂げるべくＷＢＦに入った。そして全てを諦めてしまったオヤジにそれを見せ、絶望の淵から救い出すのが最終目的だ。

そんなオレにとって、〈現体制派〉の連中はまさしく〝敵〟と言える存在。いずれ何かの形で衝突は避けられない面々ということになる。

オレは、ふぅー、と密かに呼吸を整えて気持ちを落ち着かせ、九十九の前に立った。

——中でも九十九は、〈現体制派〉筆頭。

会社の規模、影響力からして、まさしく今の〝世界〟そのものと言っていい存在だ。

それに、何よりも――。

「――〈ワールド・ゲート〉倒産の時以来だな、九十九《つくも》」

オレにとって、九十九弥彦《やひこ》とは。

かつてオヤジを地獄へ叩き落とした張本人――因縁の相手、だった。

× × ×

オヤジの会社〈株式会社ワールド・ゲート〉は、数多くの中小企業を子会社に持つグループ企業だった。

一時は日本のGDP10％を占める『新財閥』と呼ばれるほど巨大化していたが、その実態は緩《ゆる》やかな企業連合だ。古くからある財閥企業のように親会社《おや》から部署《ち》を分けた子会社《こ》によって構成されたグループではなく、オヤジの人柄《カリスマ》と経営手腕とで束ねた、同じ志を持つ仲間的な存在だったのだ。

だからこそ、オヤジ《リーダー》が逮捕されたことでグループは大混乱。オレを含む本社の社員で立て直しに奔走《ほんそう》したが、子会社の離反や暴走が後を立たず、業績は急激に悪化。

最終的に会社は経営破綻《はたん》に追い込まれ、〈ワールド・ゲート〉はグループごと消滅した。

そうしてバラバラになった子会社群のうち、業績が優れていたり、技術や特許を持っていたりする有望な会社は全て、九十九グループに飲み込まれた。

まるで最初から全てが計画されていたかのような、鮮やかな業界再編劇。

そして、そのシナリオを描いたのは――。

当時18歳だった、創業者一族の息子であるという話は、業界の専《もっぱ》らの噂《うわさ》であった。

「――ここのとこ、随分業績を伸ばしてるようじゃねーか。高効率海洋風力発電システムの開発、二酸化炭素貯留《CCS》技術の実用化、高温ガス炉による水素燃料量産設備の開発――さすが、フォーブズ世界の若手経営者ランキングに選ばれただけのことはある」

「……」

オレは努めて冷静に、そう話しかける。

……〈ワールド・ゲート〉崩壊の全てが九十九の描いたシナリオだって噂。それが真実かどうか、それは今となっちゃわからねー。

だがコイツの実力を考えたら、決してありえない話じゃないのも事実だ。

もし仮にそれが真実だったとしたら、オレにとって九十九は、オヤジを地獄に叩《たた》き落とした張本人であり、諸悪の根源とも呼べる因縁の相手。

つまり絶対に相容れない仇《かたき》であり、こんな風に気軽に話すことも憚《はばか》られる相手といえる。

……。

──……だ、と、し、て、も、だ。

「まぁ……いずれにせよ、ア、ン、タ、の、経、営、手、腕、は、大、し、た、モ、ン、だ」

「──」


オレは〝ビジネスパーソン〟だ。

優先すべきはいつだって合理的な判断で、追求すべきは双方勝ちの『win-win』なビジネスプランだ。

オヤジでもできなかった今の〝世界〟の変革には、強大な力がいる。オヤジはそれを己のリーダーシップのみで成し遂げようとしたが、オレは違う。各界の実力者である育英生の力を束ねることで実現しようと考えているのだ。

たとえ立場上、一時的に対立することはあったとしても、必ず最後には全員が『win-win』となるビジネスプランを作り上げ、協力関係を築く。

それがコンサルタントであるオレにとっての〝世界〟を描き替える〝ビジネス〟。

〈ワールド・ゲート〉倒産後に選んだ、オレの理想とする〝世界〟の形なのだから。

そしてそれは……。

九十九《つくも》であっても、変わらない。

いやむしろ、今の〝世界〟の筆頭である九十九を説得し、協力関係が築ければ、それはまさしく〝世界〟を変革したも同然だ。

だから、過去のしがらみなり、個人的な感情なり、怨恨《えんこん》なり――。

そういう私情は分けて考えて、しかるべき。

当たり前のことだった。

「――何よりその若さで、本当にあの九十九グループ全体の舵取《かじと》りをしてるんだ。そんなコトができんのは、間違いなくアンタぐらいだろうさ」

「――」

「本当に――凄《すさ》まじい〝ビジネスパーソン〟だよ」

――だが。

そんなオレの想いとは、裏腹に。

「——そういう貴様は、落ちるところまで落ちたな。真琴成《まことせい》」


ズシン、と。

やっと開かれたその口から落とされた言葉が、ソレだった。

「コンサルなど、〝ビジネス〟でもなんでもない、詐欺師の所業だ。恥を知れ」

「…………、ハ?」


コンサルが……詐欺《さぎ》?

その言葉の意味を理解するなり、カッ、と頭に血が上る。

「アンタ……オレの〝ビジネス〟を、否定するつもりか……?」

九十九《つくも》は眉《まゆ》一つ動かさずに、あまねく全てを見下したような目で言う。

「貴様の〝ビジネス〟は、無能な凡俗にあたかも才能があるかのごとく錯覚させ、増長させるものにすぎん」

「……!」

まるで感情のこもっていない凍った目と声で、九十九は続ける。

「世の9割の人間は無能であり、自らの力で何一つなし得ない、ただの〝部品〟だ。貴様の所業はそんな〝部品〟を取り外し、あたかも人間であるかの如く錯覚させる唾棄《だき》すべき行いだ」

「……っ」

「それを詐欺師の手管《てくだ》と言わずなんという。労働力の無駄遣《しげん》いも大概にしろ」

「っっっ……！」

ギリィ、と歯を食いしばり、爪が手のひらに食い込むほど強く拳を握る。


……クソ……クソっ。

なんだよ……その言い方は……っ。


それでも黙って耐えたオレに。

九十九は再び、三つ指でメガネを直し――。

「貴様は、会社《ちちおや》とともに、、、、落ちぶれた。――そんな様《ざま》で〝ビジネス〟を語るな」


――っ!!

ぷちん、と。

頭の中で、何かが切れた音がした。


あぁ、やっぱり――。

やっぱり、コイツは。

この野郎は。


――許せねぇっ!!


「九十九《つくも》、テメェ……!!」

「これ以上、貴様と話すことなどない。時間の無駄だ」

その言葉と同時に、ピンポン、と間抜けな音が響き、取り巻きたちがオレを押し退《の》けるようにして道を作る。

九十九はもはやこちらを一瞥《いちべつ》することもなく、到着したエレベーターの中へと入っていった。

「オイ待てっ、話はまだ――っ!」

「せ、成《せい》くんっ」

詰め寄ろうとしたオレの腕に、ずしりとした重み。

「ねっ、ちょっと落ち着こうっ。ねっ？」

見れば、ぎゅうっと環《たまき》が、そこにしがみついていて。

こちらを見上げる心配そうなその顔で、はっ、と一瞬、加熱した頭が冷やされた。

「ちょいちょーい。なーにキミら専用エレベーターみたいな顔してるんですかー。ウチも乗りますよーハイハイどいてー」

次いで空気を読まない唯村《ただむら》が強引にエレベーターに割って入り、扉が閉まり始める。

中で背中を向けたままの九十九に、振り返ってこちらを見る唯村。

そして最後に、唯村は――。


「なかなかいいモノを見せてもらったぜ、７番クン。――したっけ、また後で」


そんな言葉を残して、扉は完全に閉まった。

再び静寂に包まれる、エレベーターホール。

一つ一つ、上階へと上がっていく数字。

オレはそれをじっと見つめながら、黙りこくっている。

「成くん……大丈夫かい……？」

「…………」

オレはネクタイの首元を緩《ゆる》め、大きく息を吸って、吐く。

――落ち着け、落ち着け。

オレは――オレは〝ビジネスパーソン〟だ。

「成《せい》くん……?」

「――……悪い。ちょい感情的になった。もう大丈夫だ」

「ほんと……?」

掴《つか》まれていた腕が、ゆっくりと解《ほど》かれる。

オレはハッ、と笑って言う。

「この程度、ビジネスやってりゃ日常茶飯事だ。いちいち本気にしてたらキリねーよ」

そうオレがいつもの調子で応えると、やっと環《たまき》は少しだけその顔を綻《ほころ》ばせる。

……そうだ、大したことじゃない。

感情に流されるな。いつものように冷静に、聞き流してしまえ。

そう頭の中できっちり整理をつけて、オレは再びエレベーターの到着を待った。

3 Side:環伊那 〈令和のハイカラ娘〉と〈新地平のイノベーター〉

―東京・赤坂〈WBF JAPANビル・大会議室〉―


「よぉ、お二人さん！」

「1週間ぶり」

ミーたちが後ろのドアから部屋に入ったところで、入り口近くの席に座っていた二人がそう声をかけてきた。

「陸《りく》くん、京《きょう》ちゃん！　久しぶりー！」

大会議室は、選抜試験の時に行ったホールとは違ってサッパリした部屋だった。でもいかにも会議室って風じゃなくて、木目調の壁とテーブルがおしゃれでモダンな雰囲気だ。

テーブルは会議室っぽくコの字形に並べられていて、そのところどころに人が座っている。

唯村《ただむら》さんはいないみたいだけど、壁側の右奥には九十九《つくも》さんたちのグループがずらっと並んで座っていた。

ミーは、ちらり、と成くんを見上げて言う。

「……見て見て成くん！　左側、全部ガラス張りだよ！　めっちゃ遠くまで見渡せる！」

「騒ぐほどのモンかよ。ウチから見える景色と大差ねーだろうが」

ふん、とつまらなそうに答える成《せい》くん。

……よかった。

まだちょっと上の空だけど、いつもの成くんだ。

九十九《つくも》さんと話している時の成くんは、最初からなんだかおかしかった。

見た目はいつも通りクールな顔をしてたけど、褒《ほ》める言葉はなんだか大げさだったし、声も硬かったから。

その後の九十九さんの口ぶりからしても、成くんの激しい反応からしても——。

二人の間にはきっと、根っこのところに関わるような深い関係があるんだろう。

たぶんそれは、前に教えてくれた成くんのお養父《とう》さん——支部長《網口》さんが、逮捕されてしまったこと。それで会社がなくなってしまったこと。成くんが今のコンサルタントのお仕事を始めたこと——。

そういう全てに繋《つな》がる、深い深い関係が。

「おおぉっと、ちょっと待てこのスケコマシ、さりげなく爆弾発言したぞぉ!?　成、お前早速、伊那《いな》ちゃんを家に連れ込んでるのかぁ!?」

「ハ……!?」

「昨晩はお楽しみでしたね案件?」

「おいコラ、デカい声で誤解生むようなコト言ってんじゃねーよ!」

二人は相変わらずの様子で成くんをからかっていた。

ミーもそれに乗っかるように、いつもの感じで話に入る。

「うん、昨日は一緒に夜ご飯食べたよ！　うーぱーいーとめっちゃいいよねっ！」

「アホ、アンタも余計なこと言うなっ！」

あはは、と笑うミーたち。

ああ、よかった。

陸《りく》くん京《きょう》ちゃんのおかげで、ちゃんと元通りだ。

それからしばらく、ミーたちが楽しくお話をしていると――。


「――ご機嫌よう、皆様」


ちりん――と。

小さな鈴の音が鳴ったみたいに、どこか懐かしく聞こえる声が耳に届いた。

「おお、調布《ちょうふ》じゃねぇの」

「……乃栄《のえ》さん。こんにちは」

最初に気づいたのは陸《りく》くんと京《きょう》ちゃんだった。

ミーが振り返って見ると、そこにはちょうど部屋に入ってきたばかりの女の人の姿。

その格好は、なんだかすっごいハイカラさんだった。和服みたいなスーツって言えばいいのかな？　ベースは黒のスーツだけど、和柄の帯が正面でおっきく結ばれてたり、上着の左側半分には桜色の生地を使ってたり……とにかくすっごくオシャレな格好だ。

その人は柔らかな動きで丁寧に腰を折る。

「あきる野ニュータウン開発の件はどうも。おかげさまで、わたくしの思った通りの街が実現できそうです」

「がはは。草花《くさばな》大橋の開通が間に合ってよかったなぁ」

「……こちらこそ。鉄筋コンクリート《RC》と木造の混構造住宅は、弊社《うち》としてもいい経験になった」

親しげな様子でお仕事の話をする二人。

もしかして、元々仲良しな人なのかな？　ミーと成《せい》くんみたいに〝ビジネスパートナー〟って感じはしないけど、けっこう距離感近く見えるかも。

ミーはこそりと成くんの右耳に顔を寄せる。

「……ねぇねぇ、調布《ちょうふ》さんってもしかして、5位の人かい？」

「……っ、そ、そうだ」

と、急にミーが耳元で囁《ささや》いたことに驚いたのか、成くんはぴくりと体を震《ふる》わせた。

それから「コホン」と小さく咳払《せきばら》いをしてから答えてくれる。

「……〈株式会社　西京《せいきょう》エタニア〉代表取締役社長〈調布乃栄《のえ》〉。まず〈エタニアモール〉って知ってるか？　スーパーに各種専門店、映画館まであるクソデカいショッピングモールの」

「あっ、行ったことはないけど、テレビで見たことあるよ！」

「あの運営会社《元締め》だ。まぁ、元の会社は〈西京不動産《せいきょうふどうさん》〉で、〈西京電鉄《せいきょうでんてつ》〉って鉄道路線を運営してた不動産デベロッパー《総合都市開発会社》だったんだが……数年前、企業合併で統合して今の会社になった」

「西京は知ってる！　色んな駅にあるでっかいデパート！」

はぇー、すっごい！　またミーでも知ってる会社の社長さんだ……！

九十九《つくも》さんもそうだったけど、やっぱりここにいる人たちはとんでもない人たちなんだ、って実感する。だってやってる会社がすごすぎて、ミーには全然すごさがわからない。

京ちゃんたちと話し終わったのか、調布さんがすっ、と成くんの方に顔を向けた。

「貴方もお久しぶりですね、真琴《まこと》さん」

「ええ、お久しぶりです」

すかさずきゅっとネクタイを締めて応じる成くん。

おおぅ、ビジネス成くんだ。陸くん京ちゃんよりは調布さんと親しくないっぽい？

「豊川《とよかわ》のテナント募集の折にはお世話になりました。感謝申し上げます」

「いえ、私は顔を繋《つな》いだだけですから」

再び腰を折る調布《ちょうふ》さんに、成《せい》くんもまた頭を下げる。

ゆっくり頭を上げた調布さんは、次いでミーの方に目を向けた。

「それで、そちらは――」

「あっ、はい！　初めまして、〈株式会社 島はいーとこいちどはおいで〉社長の環伊那《たまきいな》です！」

「ええ、もちろん存じてますよ、環さん。まさか、あの柏木《かしわぎ》会長の御後援を得られる方がいらしゃるとは思いませんでしたから、驚きました」

そう言って、和柄のスタイリッシュな名刺ケースを取り出し、差し出してくれる調布さん。

「改めまして、調布乃栄《のえ》と申します」

「あっ、はい！　頂戴します！」

ミーもまた名刺を返すと、調布さんは「それでは、またご縁がありましたら」と会釈して、九十九《つくも》さんたちが座っている席とは反対の、窓側の席へ向かっていった。

物静かながら存在感のある後ろ姿を見送りながら、ミーは「はぇー」と感嘆の声を漏らす。

「なんか、すっごいチグハグなのにしっくりくるオーラの人だったなぁ……」

「……へぇ。やはりそう見えるか」

「あっ、悪い意味じゃなくてね！　なんか、昔ながらの和風美人って雰囲気なのに、すごい迫力があってハイカラさんだなっていうか……」

成くんはこくりと頷《うなず》く。

「アンタの印象、まさにそのままだ。巷《ちまた》で言われてんのは〈ニュージャポニズムの伝道師〉。昔ながらの日本文化と現代テクノロジーを調和させた都市開発を推進する、不動産デベロッパー界の『革命児』だよ」

それに京《きょう》ちゃん陸《りく》くんが付け加えるように言う。

「本人は〈令和のハイカラ娘〉とも言われてる。実はお茶飲み友達です」

「がはは、あんな温厚な美少女ってナリしてやるときゃガチでやるヤツでよぉ。大島工務店相《オヤジ》手に真っ向から条件交渉できるくれぇの肝っ玉があるんだよなぁ！」

そんなことを話していると、ふと成くんが、ちら、と腕時計に目を落とした。

「ん、そろそろ開始時間か……環、オレたちも席に着くぞ」

「あ、うん！」

そう答えて、陸くん京ちゃんの隣に並んで座ろうとしたら――。


「――よっ、ジャスト！」


ふわぁっ、と。

一人の女の人が、風を纏《まと》って部屋に入ってきた。

「うん、ぴったり間に合ったっぽいね。セーフセーフ」

さらりとしたショートの髪を靡《なび》かせながら、ぐるりと部屋を見回す。

——室内だからそんなことはないはずなんだけど、なんでか風が爽《さわ》やかに吹いてるみたいな感じがする。

それくらい目の前の人は、澄んだ空気のような雰囲気を纏《まと》っていた。

その人はすたすたと軽やかな足取りで歩いてきて、成《せい》くんを見るなり、にっ、と笑う。

「やぁ、真琴《まこと》君」

「……相変わらず余裕綽々《よゆうしゃくしゃく》ですね、奏《かなで》さん」

「ん、そうかな？　いつもギリギリを攻めてるはずなんだけどね」

そっちの方が刺激的でしょ？　と笑う女の人。

い、い、
奏さん、って。

あれ、もしかして——？

「第一四半期の成果を見る限りそうは思えませんけどね。軽々と過去最高売り上げ叩《たた》き出したじゃないですか」

「ははっ、君からそう見えるなら何よりだ」

奏さんと呼ばれたその人は、ぽんと軽やかに成くんの肩を叩くと、座ってる二人の方に顔を向ける。

「大島《おおしま》兄妹も元気そうじゃんか。ビジネスは順調かね？」

「がはは、おかげさまで。奏さんがいねー業界は荒らされる心配ないっすから」

「……そのまま住宅業界《ウチ》には来ないでくださいね。絶対」

「うむ、正直でよろしい」

にかっと笑ったその人は、最後にミーの方へくるりと向き直る。

透き通るような緑がかった瞳に、キリッとした目元。全身から溢《あふ》れ出る爽やかな雰囲気。

――ああ、やっぱりだ。

ミーでも知ってるこの人……ううん、そうじゃないか。

この国で知らない人は絶対にいない、この人は――。


「――やぁ。君とは初めましてかな？」


カッコイイ家電や大人気のゲーム機。音楽レーベルに映画プロダクション。

他にも色んなところでその名前を聞く、日本が世界に誇る大企業〈ＳＨＩＮＥ《シャイン》〉。

そんなとんでもない会社の社長を21歳で務めている、めちゃくちゃスゴイ女の人。

自由奔放《ほんぽう》でカッコイイその振る舞いにファンまでいるっていう、とんでもない有名人。

〈自己株〉ランキング・第2位。時価総額８０００億円。

あだ名は〈新地平のイノベーター〉――本名〈奏晶《かなであきら》〉さんだ。

ミーは吸い込まれるように澄んだ瞳に見惚《みと》れながら、挨拶《あいさつ》を返す。

「――はいっ。初めまして、環伊那《たまきいな》です！」

「お、いい元気だ。どうかな、うちの傘下《グループ》に入らない？」

「えっ……？」

ふっ、と再び風が流れたかと思えば、奏さんがひんやりとした手でミーの頬《ほお》に触れた。

「あたしは〝ビジネス〟を考える時に、直感を大事にしている。なぜなら、人は意識よりも無意識の方で処理している情報の方が遥《はる》かに多く、そこから直接出力された結論には必ず何らかの意味が含まれているからだ」

「あ、あの……？」

「つまり意識っていうのは、無意識に『カメラを、向けるだけ』のものってことだね。……おっといけない、ついさりげなくうちの製品《カメラ》のキャッチコピーを口走ってしまった」

ははっ、と突然唄うように語られた言葉の意味は、よくわからなかったけど。

どうしてか奏さんの声は、演劇の舞台を見ている時みたいに、するりと頭に入ってくる。

奏さんはニッと綺麗《きれい》な顔で笑うと――。

「そんなあたしの直感が、君には何かあると言っている。……そうだね、例えるなら、大海原のような、とても広大な何かが。そう、だから——」

「——奏さん。冗談はほどほどにしてください」

ぬっ、と。

さっきの唯村《ただむら》さんの時みたく成《せい》くんが間に割って入ってきて、ミーはハッと我に返る。

「ウチの〝ビジネスパートナー〟をたぶらかさないでいただきたい。そもそも、貴方の単なる思いつきが当たるのは、せいぜい3分の1くらいの確率だったと思いますが？」

「おっと、真琴《まこと》君のお手つきだったか。これは失礼」

スッ、と一歩、後ろに下がる奏さん。

成くんは「ハァ」と息を吐いてから呆《あき》れたように言う。

「……まったく。少しはそのノリに巻き込まれる社員《まわり》のことも考えた方がいいと思いますよ」

「はは、これが性分なんだ。社員《まわり》の方に我慢してもらうしかないな」

——ガチャリ。

と、そこで、前の方の扉が開く音が聞こえた。

「——皆様お待たせいたしました。定刻となりましたので、説明会を開始させていただきます」

音のした方に目を向けると、そこには選抜試験の試験監督だった不二《ふじ》さんが立っていた。

「おっ、やっぱりグッドタイミング。それじゃあまたね、諸君」

奏《かなで》さんはひらりと身を翻《ひるがえ》して、調布《ちょうふ》さんの座った席の方に向かっていく。

「……またギリギリですか、晶《あきら》さん。せめて5分前には来てくださいと、何度言えばおわかりになるんですか？」

「ごめんごめん、でも刺激的でしょ？」

「そういう問題じゃありません」

親しげに話す二人を遠目に見て、ふと一番最初の大規模説明会の時に印象に残っていた人たちだったと思い出す。

成《せい》くんもそうだけど、特に印象に残ってる人っていうのは、やっぱりとってもすごい人たちなのかもしれないなぁ——なんてことを思いながら、ミーは席に座った。

❹【Side：真琴成】〈世界権競争〉『第一必須課題』

ひとまず場が落ち着き、オレはやっと人心地ついた気分で着席する。

——まったくどいつもこいつも。ほっときゃ何しでかすかわからなすぎて、おちおち話もしていられねー。

辟易《へきえき》とした気分で、ぐるりと周囲に目を配る。

環《たまき》とオレは、陸《りく》・京《きょう》が座っていた部屋正面のテーブルに並んで座っている。並び順は正面に向かって左から陸・京・環・オレの順だ。

オレから右側、壁側最奥の席に座すのは九十九《つくも》。その横には、ずらりと取り巻きの下位順位の〈育成生〉たちが並んでいる。

対して、窓際にあたる左側には、奏さんと調布。そしてその横に数人、最初から座っていたメンバーがちらほらと。

出席者は合計で1、2、3——15人。

現状5人足りないが、今回の説明会は参加必須とまでは言われておらず、どうしてもスケジュールが合わない場合は別口で説明を受けることもできると言われていた。なのでたぶん欠席なのだろう。〈BIG《ビッグ》・7《セブン》〉の中でもナンバー・3、ナンバー・4の二人はいないようだ。

「おーっと危ない、優雅に休憩所で缶コーヒーキメてたら乗り遅れるところだった！」

と、おちゃらけた顔の唯村阿久麻《ただむらあくま》が、さして悪びれた様子もなく部屋に入ってきた。

……そういや、コイツもいなかったか。

唯村はキョロキョロと周りを見回してから、なぜかオレの方へとスタスタ歩いてくる。

「はいはい7番クン、ちょっくら横しつれーい」

そして、がたたっと音を立てて右隣の席の椅子を引き、どかっと腰を下ろしやがった。

「……オイ、別の席も空いてただろ。なんでワザワザこっち来んだよ」

「えー、席なんてどこでも一緒でしょや。てか、そんな明らかに嫌そうな顔されると泣いちゃうぞ?」

ニヤニヤと、微塵《みじん》も悲しげな様子なんぞなく言う唯村《ただむら》。

ちっ……マトモに相手をするだけ時間の無駄か。

オレは、ハァー、とわざとらしくため息をついてから前へ向き直る。

「――育英生の皆様。本日はお忙しい中お集まりいただき、誠にありがとうございます」

唯村の着席を待っていたのか、ちょうどそのタイミングで凛《りん》とした声が響いた。

「改めまして、WBF日本支部・育英生統括担当部長の不二《ふじ》と申します。以降は皆様、育英生にまつわる諸事の窓口として対応させていただきます。どうぞよろしくお願いいたします」

そう言って深々と腰を折る不二女史。

統括担当部長――つまり責任者か。学校で例えりゃクラス担任みたいなものだろう。

「本日のトピックは〈世界権競争〉に関するご説明となります。ご存じの通り、WBFでは皆様の中から1名、ないし、皆様の経営される法人1社に対し『資金援助10兆円』のご用意がございます。その援助資格を競うためのものが〈世界権競争〉です」

前置きとともに正面の壁がウィーンと音を立てて左右に開き、中から大きなディスプレイが現れる。

ぱっと画面が切り替わると、そこには『特別資金援助資格獲得競争〈世界権競争〉について』と記されていた。

「それではまず〈世界権競争〉の仕組みについて、簡単にご説明いたします」

——さて、ここからが本題だな。

オレはネクタイを締め直し、画面の文言に目を凝らす。

「〈世界権競争〉とは、皆様にＷＢＦの提示する〈未解決課題〉にチャレンジいただき、その成果を競い合うものとなります」

不二女史は話しながら手元の端末を操作し、画面を遷移させていく。

「〈未解決課題〉の定義は、『ＷＢＦの協力企業が実際に直面している課題』あるいは『広く存在する社会問題』です。それらをビジネス的な側面から解決策を模索し、提案するのが〈世界権競争〉の概略となります。そのため、皆様の実力を測る試験でありつつ、実体経済にも影響する課題でもあるとご承知おきください」

……なるほどな。オレたち育英生のビジネス能力を競わせると同時に、その力を課題解決に役立てようという一挙両得な仕組みなのだろう。

ＷＢＦには多くの協賛企業があって、それぞれ自社の商品やサービスを破格の条件で育英生に与える特典がある。

それで協賛企業にどんなメリットがあるんだと思っていたが、代わりに抱えている課題の解決を業界屈指の実力者たちに手伝わせられるとしたら、なるほど確かにいい取引だ。

まさしく関係者全員が『win-win』の構図。さすがは世界屈指のビジネスパーソン支援組織。その手のビジネスモデル構築はお手のものってワケだ。

「〈未解決課題〉は、さまざまな業種・内容・期間のものを複数回、不定期で提示いたします。ただ皆様におかれましては、本来業務や事業のご都合など、何かとご多忙でいらっしゃるかと存じますので、参加を必須とさせていただく『必須課題』と、参加するかどうかをお選びいただける『任意課題』に分けてご案内いたします」

「あー、要は『メインクエスト』と『フリークエスト』ってトコでしょや。メインシナリオ級のクエストには強制参加で、ポイント稼ぎがしたきゃ暇な時にフリクエやっとけーみたいな」

……と、説明の途中ながら、退屈そうな顔をした唯村《ただむら》がそう割って入った。

本当に好き勝手するヤツだな……。

不二《ふじ》女史は特段気にしていないのか、顔色を変えずにこくりと頷《うなず》く。

「そのご理解で概ね問題ございません。ただ課題へのチャレンジで得られるものはポイントではなく『〈自己株〉の評価』になります」

ああ、やはり。引き続き〈自己株《ソレ》〉を使うのか。

わざわざアプリまで用意されてたくらいだ。何かに使うんだろうと思っていたが、要はリアルタイムで変動する『成績表』にするつもりなんだろう。

「今後も〈自己株〉時価総額が皆様の順位を示すものになります。選抜試験時と同様、〈自己株〉独自の価格変動も変わらず継続いたしますが、加えて〈未解決課題〉の成績が大きく影響するようになるとお考えください」

まぁ、シンプルに言えば『〈未解決課題〉へのチャレンジで多くの実績を積み、最終的に〈自己株〉時価総額を1位にすれば10兆円ゲット』ってワケだ。

「なお〈自己株〉への影響度《フィードバック》は『必須課題』の方が大きくなるように設定されております。それに伴い解決の難易度も高く、規模感も大きな課題になるとご理解ください」

まぁ、それはそうなるだろうな。癪《しゃく》だが、やはり唯村の例えが一番わかりやすい。

となると基本の戦略《プラン》は『必須課題』で大成果を狙《ねら》いつつ、足りない分を『任意課題』を使って上積みしていくスタイルだろうな。両者の課題でどれくらい影響力に差があるかはわからないが、あえて用意してる以上は『任意課題』もそれなりに有用ではありそうだ。

ただ大原則『必須課題』で失敗するのだけは避けたいところだな……。

ハイリターンということは、ハイリスクでもあるというのがビジネスの常。『必須課題』での失敗は、おそらく手痛いものになる。決して油断はできない。

「また、仮に〈未解決課題〉が完全に解決されなかったとしても、課題に対して一定の成果を上げられれば〈自己株〉へプラスの影響度《フィードバック》が起こる可能性はございます。逆に、成果が何も示せなかった場合、課題解決への貢献度が低すぎる場合などはマイナスの影響を与える可能性もございますので、ご留意ください」

まぁ現実に存在する課題がベースな以上、試験問題のように必ず解決策《こたえ》が出せるとも限らないからな。『どれだけ課題解決に貢献できたか』で評価をするのは妥当なところだろう。

「〈未解決課題〉にはそれぞれ挑戦期間が定められますが、〈世界権競争〉全体の実施期間は育英生資格の有効期限と同じ『3年間』となります。3年後の年度末、〈自己株〉時価総額1位の方に、特別資金援助10兆円を得る資格をお渡しいたします」

と、不二《ふじ》女史はそこで一度話を切って顔を上げた。

「〈世界権競争〉ついての概要の説明は以上とさせていただきます。この時点で、何か質問はございますでしょうか？」

特に質問があるヤツはいないらしく、沈黙が場を包む。

不二女史はこくりと一つ頷《うなず》いてから、もう一度端末の画面に目を落とした。

「では――続きまして、最初の〈未解決課題〉についてご説明させていただきます」

その言葉で、再び気が引き締まる。

「今回は初回であり、皆様に〈世界権競争〉を手早くご理解いただくためにも『必須課題』を出題させていただきます。なお、次回以降の〈未解決課題〉については、『必須課題』『任意課題』ともに〈自己株アプリ〉上で随時情報を公開させていただきますので、皆様定期的にご確認をよろしくお願いします」

さて――いったいどんな課題が飛び出るか。

ただまぁ、そう複雑な課題にはならねーだろう。話の流れ的にも、まずはどんなことをやるか慣れさせるのが目的だろうしな。

極力小規模かつシンプルなもので、育英生ごとの得意分野に左右されない、フラットな課題を出してくるのが妥当なところだろう。

「それでは発表いたします。『第一回・必須課題』は――」

シン――と、僅《わず》かに場が静まり返り。

そして。

「――〈未、来、型、都、市、開、発、モ、デ、ル、の、提、言〉です」

――。

――……ハ？

都市開発……だと？

「ハー？　トシカイハツー？」「ふぅん……？」「――これは、また」「がはは……いや、初《しょ》っ端《ぱな》にやることかよ……？」「……無理ゲー」「えっ、えっ？　どういうことかい……？」

流石《さすが》の育英生からもどよめきの声が漏れる。

……それはそうだろう。

こんな課題、全くもって小規模でも、シンプルでもない。

むしろその対極。

おおよそ考えうる限り、最大級に複雑なビッグスケールビジネスだからだ。

「この必須課題は、社会的な問題として認知されている地方の過疎化と、それに対する政府の『コンパクトシティ化推進計画』の要綱に則《のっと》った提言として、皆様に『循環可能型未来都市のモデル』を検討・考案いただくものです」

「「「「…………」」」」

そのあまりの無茶振りに、みな言葉を失っている。

「……っ……」

その傍で、オレは、ぐぐ、と拳を握り締める。

そもそも都市計画とは、不動産、建築、電気・ガスといったインフラ、物流、観光、デパート・スーパー・コンビニなどの小売、医療など、ぱっと思いつくだけでもそれだけ複数の事業領域が関わってくる。

無論、各業界には独自の技術、知識やノウハウがある。まかり間違っても、一つの企業が単独で対応できるようなものでは断じてない。

今回の課題で必要なものは、複数の業界に跨《またが》る大事業に対応できる能力。

そして、各事業領域に特化した専門企業との深い繋《つな》がり。

「チッ……」

オレは小さく舌打ちして、先ほどから一切動揺を見せていない右側の席を見遣る。

つまり――。

このメンバーの中で、ただ一人だけ。

ヤツだけが、単独でこの課題に対応できる。

「――」

――九十九弥彦率いる〈九十九ホールディングス株式会社〉。

『ないものはない』といわれるほど、全ての業界にその子会社が存在する超大企業であれば、都市開発に必要な全ての事業領域を単独で網羅できるのだ。

だからこの課題は、限りなく九十九《既得権側》に有利にできている――。

いわば、出来レースだ。

「――つーか、いきなりトシカイハツとか無理に決まってんじゃん。シミュシティじゃないんだからさぁ」

オレたちの気持ちを代弁するかのように口火を切ったのは、唯村《ただむら》だった。

不二《ふじ》女史は顔色を変えず口を開く。

「皆様は〈都市開発シミュレータ・おおくにぬし〉をご存じでしょうか？」

「……ああ、なるほど。〈おおくにぬし〉と来ましたか」

見れば、この中で誰よりも今回の課題に精通しているであろう調布《ちょうふ》が、話の大枠を理解したかのようにそう呟《つぶや》く。

しかしオレは、そんなシロモノ聞いたことは――。

イヤ、待て。

「もしかして、一時期、メタバース界隈で話題になっていたアレか……？」

ふとそう呟くと、不二女史はこくりと頷《うなず》いた。

「〈おおくにぬし〉は、産官学共同で開発が進められている『都市開発における経済効果を事前試算するためのシミュレーションシステム』の名称です。つい数日前に正式名称が決定されたもので、以前の開発名は〈ＭＥＴＡ《メタ》‐ＪＡＰＡＮ《ジャパン》〉――こちらの方が聞き馴染《なじ》みの多い方もいらっしゃるかと思います」

あぁ、やっぱりソレか……。

〈ＭＥＴＡ《メタ》‐ＪＡＰＡＮ《ジャパン》〉。とあるベンチャー企業が『仮想空間《メタバース》上に日本の全都市を完全再現する』ことを目指し開発していたものだ。

ＷＢＦ創始者〈アーロン・ジョイツ〉による全地球ネットワークの普及によって、既に世界はいつでもどこでもデジタルネットワークにアクセスできる環境が整っている。

それを活用し、都市のありとあらゆるデータをリアルタイムに収集。ネットワーク上に構築した『仮想日本』に反映させることで、現実の都市と寸分違《たが》わぬ都市モデルを構築することを目的とした壮大な計画だ。

そしてその壮大さゆえに、数年前に開発が頓挫《とんざ》したものでもある。

「確か、プロトタイプがどっかの大学に寄贈されたんだったかぁ……？　いつぞやオヤジがそんなこと言ってたよぉな」

「……まさか開発が進んでるとは思わなかった」

ぼそりと大島《おおしま》兄妹が呟《つぶや》く。

その言葉を受けてか、不二《ふじ》女史が補足するように言う。

「正確には、一部の機能だけを残し開発が継続されたものになります。いわゆるメタバース的な３Ｄ都市を仮想空間に作り上げるのではなく、精密な仮想都市モデルとしてシミュレーション計算に使えるように変更されたものが〈おおくにぬし〉です」

……なるほど、そういうことか。

単にシミュレータ《計算機》として使うためなら、数値データだけ入出力できれば十分だ。高精細なグラフィックを実装する必要がない分、データ量は圧倒的に少なくてすむし、開発コストも格段に下がる。

例えるなら、元々は超リアルなオープンワールドゲームを作ろうとしていたものを、バックグラウンドで動いていた数値処理システムだけ切り出して使おうとしてる、ってところか。天気予報用のスパコンとか、その手のシミュレータとして考えた方がより実態に近いだろう。

しかし、これでだいぶ今回の課題の勘所がわかってきたな……。

同時に、オレたちが取るべき事業戦略《ビジネスプラン》も、だ。

「〈おおくにぬし〉を使用することで、都市開発における経済効果を正確に試算することができます。一例を挙げますと、主要駅に新規に駅ビルを建築する場合、フロア面積や階数、駅の乗降人数などの既存データを入力することで、見込める集客の人数、周辺の地価上昇効果、周辺道路の渋滞状況など、さまざまな情報が自動的に算出され、フィードバックされます」

「う、うーん……？」

「要は建物とか施設を作るのに必要なデータを入力すりゃ、それが都市開発にどれくらい効果的か自動的に計算してくれるスパコンだ。アンタはその程度のざっくりした理解でいい」

先ほどから、ずっとちんぷんかんぷんな環《たまき》にぼそりと注釈する。

そもそも環が、この課題の実務面でできることは何もない。江戸時代の人間に家電を与えるようなモンで、何一つ使い道がわからないまま終わるだろう。

今回、環の役どころは他にある。

考えようによっては、最も大事な役回りが。

「現在の〈おおくにぬし〉はベータ版。シミュレーション可能な範囲は、大都市圏に比べ計算モデルがシンプルにできる人口20万人前後の地方都市――『山梨・甲府市、神奈川・鎌倉市、茨城・つくば市、千葉・習志野市の4県4市』となっております。このうちいずれかの都市、ないし複数の都市を対象に、〈おおくにぬし〉を用いて都市計画案をご提案いただきます」

「「「「………………」」」」

「課題の実施期間は『本日から盆休み前の8月中旬までの約3か月間』。最終日となる8月10日までにいただいたご提案を、政府機関関係者、地方行政府の都市計画課担当者、都市開発専門の大学教授などからなる専門家集団により評価。結果を〈自己株〉に反映《フィードバック》いたします」

「「「「…………」」」」

「また、本件はかなりの業務量が想定されますので、ＷＢＦより業務委託契約という形で皆様に発注するという形式を採らせていただきます。したがって、評価成績に応じた成果報酬という形で、各社に外注費をお支払いすることもお約束いたします」

つまり普通のビジネス、って形でもあるってことか……。

いい仕事だと認められれば報酬額は高くなり、〈自己株〉評価額も上がる。逆に、報酬額がショボくなるようなダメな仕事をしたら、〈自己株〉評価額も下がっちまう、ってコトだ。

「それと数点、ご注意がございます。〈おおくにぬし〉は開発中のシステムであり、本件は実証テストの意味合いも含まれております。国も関わる重要システムとなりますので、機密保持のため、育英生の皆様以外の外部企業への情報提供・協力要請などは禁止させていただきます」

ちっ……。

やっぱりそこも封じてきやがるのか。

「加えて、課題達成のための新法人設立、企業合併、買収なども禁止します。また、１００％子会社ではないグループ企業との協業には、機密保持契約《NDA》とＷＢＦの承認が必須となります」

つまりは『なるべく育英生自身の会社だけでなんとかしろ』って言いてーんだろうが……。

結局それもまた、九十九《つくも》に有利なルールだ。なんせ１００％子会社だけで数百社あるから、それで十分対応できちまう。

「その他、禁止事項をまとめた資料は後ほど配布いたします。問い合わせ窓口も専用でご用意させていただきますので、課題期間中に不明点などあれば都度ご相談ください」

不二《ふじ》女史はそこまで話して、一度言葉を切った。

「『第一必須課題』のご説明は以上となります。質問はございますでしょうか？」

大方内容を理解したオレはその後の話を聞き流しつつ、思考に入る。


――〈おおくにぬし〉の存在で、確かに課題の公平性は増したかのように思える。

だが結局のところ、シミュレータを使うのにも専門的な知識はいるだろう。建築の知識がなければどんな数値データを入力すればいいのか見当がつかないし、開発対象都市の土地柄や地域性に対する理解がなければ、どこに何を作れば効果的かの目星もつけられない。

素人考えで闇雲にシミュレーションを繰り返したところで、九十九グループに対抗できるかと言えば、当然ノーだ。

やっぱりこの課題は、どこまでいっても大企業が有利。特に、この国の開発に古くから関わってきた財閥企業に、九十九《くじゅうく》圧倒的なアドバンテージがあるのは、疑いようがなかった。

——オヤジ。

これが……この〝世界《くに》〟のやり方、ってワケかよ。

オレは心の中でそう呟《つぶや》き、ギリと歯を噛《か》みしめる。

おそらく経済界のお偉方は、支部長《オヤジ》の権限を利用して今回の〈未解決課題〉を選ばせたのだろう。

世界規模の組織であるＷＢＦにさえ隙を見て介入し、一見平等に見えるようなやり口で九十九《つくも》たち〈現体制派〉に有利になるような茶々を入れてくる。

——ああ、そうだ。

間違いなく、これは——。

今の〝世界〟からの、攻撃だ。

「——他にご質問がないようでしたら、引き続き〈おおくにぬし〉の利用説明に入らせていただきます。サーバはクラウド上に存在し、皆様お持ちのパソコンからオンラインで24時間いつでも利用可能です。アクセスURLと認証IDは〈自己株アプリ〉の――」

「――……」

――それなら。

それならば、オレがやることは決まっている。

幸い、この課題にだって、攻略法は存在する。

今あるオレたちの力で、九十九たち以上の成果を出すことだってできるはずだ。

「……いいだろう」

そっちがそうくるなら見せてやるよ、〝世界〟。

さぁ――。

〝世界〟を描き替える〝ビジネス〟を、始めよう。

1 Side:真琴成　戦略会議

―東京・六本木〈六本木ビルズレジデンスE2026〉―


「――しかし、どうすっかなぁ」

ソファにどっかり腰掛け、アイスコーヒーを口に運びながらやれやれといった口調で話す陸《りく》。

説明会終了後。俺と環《たまき》、陸と京《きょう》の4人は、いったんオレの自宅兼事務所に集まり、今後の方針を話し合っていた。

「いきなり都市計画とくるたぁ流石《さすが》に驚いたわ。自分とこ一社じゃどうにもできなくねぇ？」

「……仲間なしの最初のクエストでいきなりラスボス出された感」

「二人もそう感じたか……」

やはりオレの抱《いだ》いた感想は間違っていないようだ。

十中八九、今回の件は九十九《つくも》に利する内容になっている。

「そんなに大変な課題なのかい……？　なんとなくそんな感じはするけど……」

京の隣に座っていた環が、いまいち実感のない様子で尋ねてくる。

壁に寄りかかってコーヒーを飲んでいたオレは、それに答える前に陸たちの方を向く。

「陸、京。念のため確認しとくが、今回は共同戦線を張ってくれるってコトでいーんだな?」

「がはは、おうよ！　大島《ウチ》だけでやるにゃ、ちと荷が重い課題だからなぁ！」

「右に同じく」

「わかった。ならその前提で話を進めよう」

守秘義務の範囲は育英生のみ。なら、ここにいるメンバーの会社と協力すること自体は何の問題もない。

オレは頷《うなず》いて、説明のために環の方を見やる。

「今回の課題は〈未来型都市開発モデルの提言〉。ざっくり言や、『これからどういう街づくりをすれば、より都市が発展するかのプランを考えて提案しろ』って内容だ」

「おぉー……えっ、ってことはもしかして、ミーの島おこしのめっちゃ規模でっかい版ってことかい!?」

「まぁ、そうだな」

「それはめっちゃ大変だ……！」

あわわわ、と手をわちゃわちゃと動かしながら戦慄《せんりつ》する環。

相変わらず島に置き換えると理解が早いヤツだな……。

「じゃあ、島おこしで例えるぞ。高級ホテルを誘致して新しくリゾート開発するプランと、今の自然を生かした世界遺産ツアーを組んで観光客を呼び込むプランがあるとする。さて、どっちの方がより島が発展すると思う?」

「えっ……う、うーんと、ミー的には島の自然を生かしたツアーの方がいいと思うけど……」

次いで、はっ、とした顔になる環《たまき》。

「でもでも、きれーなホテルとかあればもっとお客さんたくさん来てくれそうだし、お店とかもいっぱいできれば便利にもなるし……」

言いながら、うーんうーん、と頭を悩ませる。

「だけど新しく建物建てるのってお金めっちゃかかるよね……? どこに造るのかも考えなきゃだし、地主さんにも土地を譲ってください、って言わなきゃだし、島のみんなが納得するかもわかんないし……。じゃあツアー組む方が簡単かっていうと、案内人さんをどうするかを考えないとだし、そもそも定期便ないのにそんなのできるのかな……? うーんうーん」

「そう、そんな感じでだ」

オレは頭からぷすぷす煙が出てきそうな環を一旦止める。

「考え始めりゃキリがねーだろ? ホテルを誘致するにしてもどこのホテルグループを選ぶか、土地の買収はどうするか、各施設で働く人員の確保はどうするか、交通アクセスはどうするか、地域住民の説得はできるのか——」

「ついでに、土木の観点からも言わしてもらうとだなぁ。地質調査だの環境汚染だの、いわゆる環境アセスメントってヤツを考えにゃなんねーし、離島の場合は重機の運搬船を確保したり残土や土砂だのの産廃処分の手配もしなきゃなんねぇんだよなぁ」

「住宅面だと、離島の気象条件に合うような資材選び、構造計算、職人さんの確保なんかも大変だったりする。建築資材の運搬にもコストがかかるから、その分割高になったり」

「——と、そういう諸々を全て計算した上で提案するのが都市開発案ってヤツだ」

「……とてもすっごくめっちゃ大変なのがよくわかりました……」

へにゃーん、と空気が抜けた風船みてーに体を萎《しぼ》ませる環。

オレは、ふぅ、と息を吐いてから続ける。

「まぁ今回は高精度シミュレータの〈おおくにぬし〉があるからな。実際の都市開発よりゃ遥《はる》かに楽だ」

先ほど軽く触ってみた感じの印象だが、やはり国が関わっているだけあって、かなり厳密にシミュレーションできる仕組みになっているようだ。

しかもどうやら各自治体が持つビッグデータにまでアクセスできるようになっているらしく、住民の意向のようなものまである程度拾えるのは驚きだった。

「それに、課題で必要なのは開発計画を作るところまで。実際に計画を動かしてからの方がトラブルは多いモンだし、その点も救いだな」

「じ、じゃあなんとかなりそうなのかい……？」

「いや、それでも無理だ」

オレはハッキリと断言する。

「そもそも〈おおくにぬし〉に入力しなきゃならねー必要データが専門的すぎる。土木なら土木、住宅なら住宅っつー風に、その道の専門家じゃねーとまるでわからない仕様になってる」

元来、都市計画の専門家集団向けのシステムだ、当たり前の仕様だろう。気象予報用のスパコンを一般人が使える仕様にする必要がないのと同じことだ。

「土木なら陸《りく》の会社で、住宅なら京《きょう》の会社で対応できる。だがそれ以外がサッパリだ。……そういう専門分野についちゃ、オレにできることもないに等しい」

ちっ、とオレは小さく舌打ちする。

オレの専門はコンサル。事業戦略《ビジネスプラン》を立て、経営者と会社運営をサポートするのがオレのビジネスであり、各業界の専門領域に関しては通り一遍の知識しかない。

だから今回の課題、実際に都市開発モデルを作成するという一番大事な実務において、オレは全く役に立たない。

『貴様は、会社《ちちおや》とともに落ちぶれた。――そんな様《ざま》で〝ビジネス〟を語るな』

……。

……黙ってろ、クソが。

オレは頭に過《よぎ》った邪念を首を振って飛ばし、再び冷静に話し始める。

「……まぁ、何にせよ。オレたちだけじゃ、力が足りねーことは確かだ。最低でも不動産、金融の専門家は必要になる」

「つまり、どうすればいいのかい……？」

困り顔の環《たまき》にオレは言う。

「——環。今回は、アンタの営業力が鍵だ」

「えっ……？」

オレはコーヒーを飲み干して、近くのテーブルの上に置く。

それから環の正面に立ち、その顔をじっと見つめる。

「繰り返しになるが、都市計画案を作るには幅広い専門家集団、多くの人員が必要になる。オレたちだけじゃ、九十九《つくも》グループのように必要なリソースを自給自足できない状態だ」

「う、うん……」

「だが、足りないのなら集めればいい。それがビジネスってモンだ」

そもそもビジネスとは、多くの会社が相互に足りない部分を補い合い、助け合うことによって成立するものだ。

今回もまた、同じこと。

「オレたちは陸《りく》たちのように、九十九派閥以外の育英生と協力し、都市計画に対応できる企業同盟を作る。同じ目的を持った〝仲間〟を作り、協力して課題に取り組むんだ」

「〝友達《なかま》〟づくり……！」

環《たまき》がぱっと顔を輝かせる。

そう、方法論としては、宇室《うむろ》の時と同じだ。

『天性の人たらし』と称されるほどの環の力を存分に発揮してもらい、都市計画に関連する企業を経営する育英生を口説き落とす。

「無論、誰もが『win-win』になれるような戦略《プラン》はオレの方で考える。戦略立案はオレ、プレゼンは環って布陣だな」

「うんうんっ……！」

「おそらく、宇室の時なんて目じゃねーくらいに苦戦するとは思うが……やれるかよ？」

「任せてっ！　めっちゃめちゃがんばります！」

むんずっ、ふすーっと、鼻息荒く両手を握りしめ、即答する環。

オレは「よし」と頷《うなず》いて。

「だが――ただの同盟じゃダメだ」

「うん……？」

オレは、ぐぐっ、と手に力を込める。

「この課題で最も優遇されている九十九グループに打ち勝つための成果を出すためには……当然、ヤツに匹敵する規模の同盟を作る必要がある」

「えっ、えっ……？」

すなわち――。

「今回の課題では、九十九以外の〈ＢＩＧ・７〉を同盟に引き入れるのを必達目標とする。そうしてヤツを上回る大同盟で戦うことが、この課題で最高成績を叩《たた》き出すための鍵だ」

オレがそう力強く宣言すると、他の３人は僅《わず》かに戸惑いの表情を浮かべた。

む……？

「いや、まぁ……その方針は、いいとしてもよ。その前に、まずどこの都市を対象にするかくらい決めといた方がよくねぇか？」

「……対象都市によって戦略も変わってくる」

と、陸《りく》と京《きょう》がそう補足してくる。

あぁ、なるほど。それでなんか微妙な反応だったのか。

だがもっともな指摘なので、オレはしばし考える。

「……それならひとまず、対象となる地方都市を見て回るか。まずは現地を視察して、それからどこが一番開発適地か検証しよう」

「おおっ！　旅行！　旅行だー!!」

がばっ、と身を乗り出して喜ぶ環《たまき》。

「アホ、出張だ出張。遊びに行くんじゃねーよ」

「がはは！　出張ってなぁ、９割旅行みてぇなもんだけどなぁ！」

「お前んトコと一緒にすんな！」

いえーい！　とハイタッチして喜ぶ環と陸。

ちっ、このお気楽脳みそどもが……。

オレが呆《あき》れた顔でいると、知らぬ間に隣にやってきていた京が、ちょんちょん、とオレの腕をつついてくる。

「……Gugle《グウグル》 Earth《アース》じゃダメ？」

「却下」

うへぇ、とげんなりした顔で項垂《うなだ》れる京。

お前はちったぁ外に出て働け、不健康なヤツめ。

オレはハァ、とため息をついてからスマホを取り出し、マップアプリで目的地の位置関係をチェックする。

「場所は山梨、神奈川、茨城、千葉だったか……全部一気に回るのは難しそうか」

「おおおお、ってことはお泊まりかい!?　わーい、修学旅行みたいだー！」

「ぜってー温泉行こぉぜ温泉！　んで卓球と枕投げ！」

「うぅ、せめて枕はそばがらじゃないところに……」

「ああもう、うるせーよアホどもっ！」

もはや課題のことなんぞガン無視でハイテンション（一部ローテンション）なアホどもを制して、オレは額を押さえる。

ハァ……不本意、実に不本意ではあるが、そーすんのが効率的なのもまた事実。

宿はＷＢＦの提携先がごまんとあるはずだし、日程は集中させた方が全員のスケジュールの都合もつけやすいしで合理的。

くそ、仕方ねー……。

「……とりあえず近日中の空き日程を教えろ。交通手段《くるま》はオレが出す」

「えっ、成《せい》くんって車持ってるのかい!?」

「まぁ、一応な」

「はぇー！　やっぱりセレブだ……！」

「オイ。言っとくが、ランゴルギーニだのフェリーラだのって高級車じゃねーからな。妙な期待すんなよ」

「とか言いつつ、レクサズを乗り回す成金野郎なんだがなぁ」

「……加えてまだ初心者マーク付きなのがギャップありすぎで笑える」

「うっせーなっ！　国内で乗るなら極めて合理的かつ合法的だろうがっ！」

そんな調子でぎゃーすかやり合いながらも一旦の方針は決まり、早速週明けに出張へ向かうことになった。

ハァ、まったくどうなることやら……。

2 Side：真琴成　出張は遊びじゃない

―東京・国分寺〈殿ケ谷戸《とのがやと》庭園付近〉―


ブロロロ、フィーン――。

オレは緑溢《あふ》れる庭園横の路地に入り、近くのコインパーキングに車を停めた。

以前立ち寄った国分寺駅の南口周辺。道路向かいの小さな公園が、環《たまき》との待ち合わせ場所だ。

バタン、と車を降りて、木漏れ日に目を細める。


――6月に入ったばかりの今日、時刻は7時52分。

天気は快晴。未だ梅雨には遠いようで、しばらくは五月晴れの余波が続くらしい。

流石《さすが》にそろそろスーツを着込むのは暑くなってきたのと、特段誰かと商談をするわけでもないから今日はクールビズ仕様で来ている。とはいえ、何が起こるかわからねーしネクタイだけは持ってきているが。

オレはさらさらと時折吹く心地よい風に、ほぅと息を漏らす。

自然の多い街だとは思っていたが……駅近でこういう場所があると、休憩にはもってこいだな。この前のカフェでコーヒーをテイクアウトして、ベンチで飲んだりしてもよさそうだ。

「――おーい、おはよう成《せい》くん！」

しばらく木漏れ日の下で待っていると、後ろから声がかかった。

「よう。相変わらず時間厳守で何よりだ」

「えへへ、ちゃんと目覚まし5個かけました！」

ぴしっ、と敬礼ポーズの環は、ひまわりがプリントされただぼっとしたTシャツに、ハイウエストのショートパンツ。靴はスニーカーのような、厚底のサンダルを履いている。

明らかに行楽気分全開だな、オイ。出張だっつってんのにまったく……。

そんな格好を見ていたら、ふといたずら心が芽生える。

「ふーん……なかなかどうして。よく似合ってるじゃねーか」

「えっ……!?」

ぴくーん、と背筋を伸ばす環《たまき》。

「そ、そうかい……?」

「ああ、アンタのスタイルのよさが際立つ魅力的な格好だと思うぞ」

「わ、わ、わっ」

ぼっ、と顔を赤くして落ち着かなげにペタペタと体のいろんなところを触る環。

オレはニヤニヤ笑いながら、その焦《あせ》りっぷりを満足げに眺める。

ハハン、たまにゃこのくらいの意趣返しはいいだろ。オレだっていつも振り回されっぱなしじゃねーってコトだ。

「せ、成《せい》くん……」

「アン?」

するとふと、環は潤んだ瞳で上目がちにオレを見て。

「褒《ほ》めてくれて、あ、ありがとう……えへへ、嬉しいな」

sunflower

「——……」

……。

…………意趣返しに意趣返しで返すのは、反則だろうが。

オレはムズムズする鼻筋を撫《な》でながら、車の方へ振り返る。

「あー……まぁその、なんだ。とりあえず乗ってくれ。陸《りく》たちは途中の駅で拾う予定になってる、まずはそこまで行くぞ」

「はいっ！　お邪魔しますっ！」

元気いっぱいに答える環《たまき》。オレは料金を支払ってから運転席に回り、座席に腰を下ろす。

そして助手席に「よいしょ」と環が乗り込んでくるなり、ふわり、とほのかに南国を思わせるフルーツの香りが漂ってきた。

それが環の纏《まと》う香りだと気づいた瞬間、しまった、と思う。

……クソ、そうか。

車はほぼ密室。隣に若い女を乗せると、こういう事態が発生すんのか……。

「……暑くねーか？　空調使うか？　窓開けるか？」

「ううん、バッチリ快適です！」

「そうかよ……」

きっちりシートベルトを締めて、「準備おっけーです！」と目を輝かせながらムフーと息を吐く環。

オレは「じゃあ……行くぞ」と短く答えて、ほんの少しだけ窓を開けてから車を発進させた。

×　×　×

―山梨・上野原〈中央自動車道・談合坂《だんごうざか》ＳＡ付近〉―

途中駅で半袖《そで》半パンサングラスとかいう完全旅行ルックでノリノリな陸と、一応オフィスカジュアルといえなくもないシックなワンピース姿で低血圧フラフラな京《きょう》を拾ってから、中央自動車道を使って山梨方面へ。

今回の出張は１泊２日の全２日。結局陸たちのスケジュールの関係で全ての都市を一挙に回ることは難しかったため、都心から移動距離の長い甲府・鎌倉を先行して回り、後日改めてつくば・習志野の方面を回ることになった。

土日は混雑すると踏んだため、今日は月曜。深い谷を何度も越え、山間を縫うように進む中央自動車道は、車もまばらで快適そのものだ。

「じゃあ次は『ほ』だね！　『ホエールウォッチング』！」

「『ぐ』かぁ……ぐ、ぐ……『グレーチング』！　がはは、また『ぐ』にしてやったぜぇ！」

「……『グラスウール』に」

「成《せい》くん『ル』だよ、『ル』！」

「『ループバックテスト』――ってオイ、オレはやらねーって言ってんだろうが。つーか、しりとりなんざしてねーでちったぁ仕事の話しやがれ」

「がはは、車旅行でしりとりは定番だろぉが！　それに一応仕事にも関係してるぜぇ？　『業界用語しりとり』だからなぁ！」

ちっ……屁理屈《へりくつ》ばっかり言いやがって。

オレはため息をついてから、アホどもをほっといて思索にふける。


――今回の課題は、どの都市を候補に選ぶかも重要だ。

いずれの都市も人口は20万人前後。規模としてはほぼ同程度といえるが、いずれも土地柄や風土が全く異なっている。

例えば、今向かっている甲府市。山梨県の県庁所在地であり、関東山地の山々に囲まれた盆地の中央に位置する街だ。いわゆる首都圏に含まれる都市の一つではあるが、山に阻まれているせいで交通アクセスが貧弱で、他の東京隣県ほど都市化は進んでいない。

　だが、もうすぐリニア新幹線の開業が計画されていることと、土地利用に余裕があることなどから、開発のポテンシャルはどこよりも高いとも考えられる。

　対して、明日向かう予定の鎌倉市は、日本屈指の観光名所であり、古都としても有名な街だ。

　相模湾に面した湘南の海岸線と、北部の丘陵地に点在する由緒正しい神社仏閣群は観光資源として非常に魅力がある。

　半面、古都ゆえの区画の複雑さ、景観条例の制限による箱物建築の難しさなど、大々的に再開発しようとする場合には困難が予想される。

　どういったビジョンを持って開発計画を練るかにもよるが、少なくともそういった特色の違いを無視してプランを練っても決していい評価はされないだろう。

　その辺の空気感ってのを実際体感してみて、どの街の開発だったら九十九《つくも》以外の〈BIG・7〉《仲間候補》の力を最大限発揮できるか——。

　それを見極めるのが、この出張の目的だ。


「——成くん、『こ』だよ！」

「『コンプラ』」

「がははっ！　絶対言うと思ったぜぇ！」

「……そんなに好きならいっそ語尾にしたらどうコンプラ？」

「いい加減にしねーと車から叩《たた》き出すぞコラっ！」

チクショウめ、ぜってー後で馬車馬のように働かせてやるからな……！

×　×　×

―山梨・勝沼〈中央自動車道・勝沼ＩＣ付近〉―


甲府盆地に出たところで、一旦高速道路を降りることにした。ナビを見た感じ、高速に乗ったままでは甲府の市街地には行けないようだったからだ。

「うわぁー、すっごい！　周りがぜーんぶ高い山に囲まれてるー！」

勝沼ＩＣから一望できる景色を見て、助手席で目を爛々《らんらん》と輝かせる環《たまき》。

「どこにも地平線が見えない！　空がめっちゃちっちゃい！」

スカッと青々とした空は、都心からすればかなり壮大な景色に見える。

だがまぁ、確かに環からしちゃこれでもショボく見えるのか。３６０度空と海とに囲まれて生きてきたんだもんな。

「ねーねー、成《せい》くん！　周りにいっぱいあるアレって何の畑かな!?」

「アン？　知らんが、たぶんブドウかモモじゃねーの？」

「がはは、山梨はフルーツ栽培が盛んだからなぁ。最近はワインやらウイスキーなんかも有名でよぉ、よくお偉方への贈答品に選んだりするぜ」

「シャインマスカットおいしいよ。よくおやつに食べてる」

「おおっ、フルーツ大好きですっ！　色々食べてみたーい！」

「おっ、じゃあよ、とりあえず農産物直売所か土産物屋寄ろぉぜ成！」

「……ハァ」

と、ため息で答えたものの、なんだかんだ都心から1時間以上運転してきたわけで、そろそろ休憩を入れたい気もする。特産品の調査って目的なら、まぁ仕事に関係なくもねー。

「……ったく、わかったよ。道沿いでそれっぽいとこあったらな」

「「「いえーい！」」」

それに、どーせスルーすりゃー、ずっとぶーぶー文句ばっか言い続けるだろうしな……。

そんなこんな、とりあえず国道20号線をしばらく甲府方面に走らせ、途中で里の駅なる施設を見つけたのでそこに入ることにした。


—山梨・一宮《いちのみや》〈里の駅いちのみや〉—

「おおぅ、お土産いっぱいだー！」

我先にと店に向かう環《たまき》たちの後を追って、店内に足を踏み入れる。

売り場面積はかなり広く、土産物の他にも野菜や果物の直売、ワインなどの酒類、加工食品、伝統工芸品、ご当地キャラのグッズなども展開されていた。一角には食事処なんかも併設されているようだ。

ラインナップはかなり豊富で、県内のメジャーな土産物を揃《そろ》えるにはもってこいの場所のように見えるな。

オレはとりあえずぐるりと店全体を見て回る。

メインはフルーツを中心とした農産物と、それに類する加工食品か……県全体として見れば一次産業《農業》に力を入れているらしい。

ただ、東京からわずか1時間と少しで来れる距離的な近さは、流通面で見ればかなり有利だ。スイーツ含む菓子類の大消費地である東京まで、新鮮なフルーツを短時間で届けられるのは大きなメリットだろう。

そういや大手菓子メーカー・シャトレェゼの本社は山梨だったな——なんてことを考えていると、突然目の前に謎の鳥が現れた。

「おわっ、なんだっ！」

「見て見て成《せい》くんっ。お店のイメージキャラクターのポッポちゃん、本名はサトーさんなんだって！」

かわいいよねっ、とニコニコ笑顔の環。

思わずのけぞってしまったオレは、髪をかきあげながら「ハァー……」と深くため息をつく。

「……環。はしゃぐのも大概にしろっつーの」

「でもさでもさっ。せっかくみんなでお出かけする機会なんだし――」

「アホ。少しはお遊び気分を控えろ、っつってんだ」

オレは多少口調を厳しくして言う。

「オレらがこうしてる間にも他の連中は着々と準備を進めてるんだぞ？　まったり観光モドキを楽しんでてどうすんだ」

「う……」

「そもそも、今回のオレらは勢力としちゃ弱小だ。一つ間違えりゃ、一瞬で九十九《つくも》グループに圧倒されちまう。その自覚をちゃんと持ってくれ」

「ごめんなさい……」

オレの注意に、環はしょぼんと寂しそうに肩を落とす。

……別にオレは、間違ったことは言ってねー。

こういうちょっとした気の緩《ゆる》みが、ビジネスにおいて致命傷になることがある。コンサルとして、当然の注意をしたまでだ。

「わかりゃいい。だから――」

「ほぉれ成《せい》、餅《もち》食えや餅」

「うぉっぷ!?」

突然、ぐにゃぁ、と口元に柔らかいものが押し付けられ、きな粉の香りがすーっと鼻腔《びこう》に飛び込んでくる。

「ばっ、おま、陸《りく》テメェ、何しやがる！」

「ほれ、あーんしろあーん！　うまいぞぉ」

抵抗するオレを押さえ込むように、ガシッ、とぶっとい左腕が首に回され、右手でぐいぐい口元に餅を押し込まれる。

がっ、く、クソッ、全く振り解《ほど》けねぇ、このバカ力が……っ！

窒息の危険を感じたオレはやむを得ず口を開け、放り込まれたきな粉餅をもちゃもちゃと咀《そ》嚼《しゃく》する。地味に黒蜜もついていたようで、口の中にまろやかな甘みが広がった。

「ほぉ、ほぉのあほ！　くひもとべっちゃべちゃじゃへぇか……！」

「がはは、いい食べっぷり！　とりあえずきな粉飛んでみっともねぇから、食い終わるまで喋《しゃべ》らねぇ方がいいぜ？」

「……ぶどうジュース買ってきた。伊那《いな》ちゃん、飲む？」

「あっ……」

はい、と瓶入りのジュースを手渡す京《きょう》。

環《たまき》はきょとんとした顔でそれを受け取った後、その顔をへらりと綻《ほころ》ばせる。

「……えへへ、ありがとう。京ちゃん、陸くん」

「どういたしまして」

「がはは、俺はなんもやってねぇけどなぁ！」

「……！　……っ！」

けほっ、けほっ、クソ、今度はきな粉が肺に……っ！

3 Side：真琴成　第三種接近遭遇

―山梨・甲府〈JR甲府駅・南口バスターミナル〉―


とりあえず陸に土産物代を全額支払わせて溜飲《りゅういん》を下げ、店を出たオレたちは、甲府市街の中心部、甲府駅へと向かった。

駅へと向かう〈平和通り〉沿いは畑が広がる郊外とは打って変わり、ビルが立ち並ぶ光景が広がっている。とはいえ東京の地方都市と比べても、ビルの高さや密度は控えめな印象だ。

とりあえず駅近のコインパーキングに車を停め、南口のバスロータリーにまで出てきた。

「……陸《りく》、リニアの駅ができるのはどのあたりだ？」

　戦国武将の像らしきものを仰ぎ見ていた陸にそう尋ねる。確か、大島土建《陸の会社》も建設に一部携わっていたはずだ。

「あぁ、それならもっと南だぜ。確かここからバスで30分くらいかかるとこじゃねぇかな？」

「そりゃかなり離れてんな……なんで甲府駅に直結しねーんだ？　そっちのが経済効果はでけーだろ」

　陸は腕を組みながら答える。

「そもそもリニアのルートから逸《そ》れてんのが一番でけぇ理由だなぁ。南アルプスを貫通するルートになった分、こっちまで線路を延ばすと線形が悪くなっちまう」

「あぁ、なるほど……」

「あとはシンプルに、駅周辺の開発用地の少なさだ。北口側は再開発したばっかりだしよぉ」

「そういうことか。駅間の接続は？」

「こっから出てる身延《みのぶ》線で最寄りまで行け、ってのが既定路線。ただ単線だからアクセスがいいかってぇと微妙だな。あとはＢＬＴだのモノレールだの通すって案もあるみてぇだが……まぁその辺は不透明だなぁ」

　となれば今後の開発の中心は市の南側、リニアの駅ができるあたりか……今回の課題でも、シミュレーションの対象にするとしたらそっちだろうな。

オレは「ふむ」と顎《あご》に手を置いてしばし考え、駅の東側に目をやる。

「なぁ、確かすぐそこに高台があったよな？」

「あっ、うん！　なんかすっごい石垣あったよ！　あとなんちゃら城って案内見た！」

「……甲府城址《じょうし》。舞鶴城《まいづるじょう》公園とも言う」

「そうか。なら――」

一度そこで市街の全貌《ぜんぼう》を見てみるか、と。

そう、提案しようとした、直後。


「――わっ、だーれだ！」

「うわぁ!?」


――なっ!?


急に耳に飛び込んでくる、どこかで聞いた声。

驚いて声のした方を向くと、そこでは環《たまき》の両目が後ろから何者かに手で塞《ふさ》がれていた。

突然のことに一瞬、思考が麻痺する。

……。

……イヤ、だが。

つい最近、全く同じことを仕出かしたヤツが、一人いた。


「アンタ――まさか、唯村か!?」

「ぴんぽんぴんぽん、だーいせーかーい！」


にしし、と悪戯《いたずら》っぽい笑い声が響き、環《たまき》の後ろからひょこっと顔を覗《のぞ》かせる唯村《ただむら》。

やはり……！

オレは警戒レベルをマックスにして、キッと睨《にら》みつける。

「オイっ、こんなところで何してやがるっ！」

「何って、天使チャンの目隠しをしてまーす」

「そういうコトじゃねーってわかって言ってるだろ……！」

「ちぇっ、なんだよー」

唯村は環の両目からぱっと両手を退《ど》け、ひょいと姿を見せてくる。

「7番クンにやると怒るから、今回は天使チャンにしたってのにさー。理不尽でしょや」

相変わらずニヤニヤと何を考えているのかわからない顔でそう言う唯村。

オレは不測の事態に、思考を素早く回転させる。

——このタイミングで不意の遭遇。

場所は、課題に関係する甲府市内。

こんな場所で出会う理由なんてのは、一つしかねぇ——！


「お前も現地の視察か……！」

「え、いやいや。ウチがそんなめんどっちいことするワケないでしょや」

ナイナイ、と真顔で手を振る唯村。

ちっ……！　めちゃくちゃ怪しいのに、嘘《うそ》ついてるようには聞こえねぇ！

唯村は、ニヤリ、と笑ってぱっと両手を広げた。

「ほらほら、このカッコでわからないかね？　はい、そこの大島《おおしま》兄クン！」

「お、おぉ？」

急に話を振られた陸《りく》が戸惑った顔で答える。

「いやまぁ、なんつぅか……どっちかっつーと作業着っぽく見えるっつか、バイカーの格好かそりゃあ……？」

「はいせーかーい。ツーリングってヤツだよ、ツーリング」

ツーリングだと……？

確かによくよくその格好を見れば、ド派手な色合いの上着に、ぴっちりと体にフィットする形状のパンツルック。いわゆるバイクスーツというやつに見える。

「いやぁ、本州はあったかくていいねぇ。北海道《じもと》に比べてカッ飛ばしにくいのは難点だけど」

そしてヒトが多すぎてウザい、と嫌そうに語る唯村《ただむら》。

相変わらず捉えどころのない態度に苛立《いらだ》ちを募らせつつも、努めて冷静に考える。

――クソ、やっぱりこいつの腹の内は全然読めねー。

オレの直感じゃ、やっぱり嘘《うそ》をついているようには思えない。ただ他に含みがあるようにも感じるし、本当に言葉通りの理由しかないようにも感じている。

何より、オレのビジネスパーソンとしての常識が全く役に立たない素人《コイツ》は、本当に厄介《やっかい》極まりない相手だった。

オレはちらり、と環《たまき》の方に目をやる。

こうなればもう、頼りになるのは――。


「え、えっと……とりあえずこんにちは、唯村さん！」


環の観察眼だ。

急な目隠しの驚きからやっと回復したらしい環は、いつもの調子で唯村に話しかけている。

唯村は、にゃぁ、といつもの胡散臭《うさんくさ》く見える笑みを浮かべて言う。

「もー、水臭いなぁ。アクマちゃん、って呼んでくれていいのに」

「えっ、いいのかい……？」

「だってウチらもう〝オ、ト、モ、ダ、チ〟っしょ？」

そのクリティカルな言葉に、ぱぁっ、と顔を輝かせる環。

「うわぁ、やったー！　じゃあアクマちゃん、って呼ぶね！　ミーのことも好きに呼んで！」

「ひひひ、じゃあ天使チャンまんまで！　気に入ってるんだよねー、そのあだ名」

それで一気に距離を縮めたように、仲睦《なかむつ》まじげに両手を繋《つな》いできゃいきゃいと喜ぶ二人。

「んでんで、そういう天使チャンたちは早速オシゴトってワケ？　ご苦労なこっちゃ」

「あはは！　でもみんな一緒だし、何よりすっごい楽しいから、めっちゃへっちゃらです！」

「おーおー、そりゃ何よりだ。やっぱ人生、楽しくハッピーが一番だもんね！」

「うんうんっ。みんなでハッピー！」

すっかり意気投合、という様子で会話を交わす二人だったが、唯村はすぐにするりと繋いだ手を離すと、道路脇に停めていた自分のものらしいバイクに向かっていく。

「まっ、それじゃーミナサン、ビジネスに励みたまえよ。ウチはこれにてしつれーい」

「あっ！　もしあれなら、アクマちゃんも——」

「うんにゃ」

環《たまき》が何を提案しようとしたのか察したか、唯村《ただむら》は顔だけ振り返って答える。

「それはやめとくー。どのみちウチはこの子がいるし、一緒には動きにくいしょや」

ぽんぽん、とバイクのシートの部分を叩《たた》く。スポーツバイクらしいその側面には〈Kawazaki《カワザキ》〉というメーカーロゴと、モデル名らしい文字列が刻まれている。

唯村は、ニィ、と歯を見せて笑うと——。


「そういうのはお互いを、よく知ってからにしよーじゃないか——天使チャン」


言うなりすちゃっとフルフェイスのメットを被り、唯村は軽く片手を振って去っていった。

その姿が遠くビルの向こう側に消えたのを見送って、オレはやっと肩の力を抜く。

「……はぁー。クソ、相変わらず読めねーヤツだ」

「え、そうかい？　ミーはすっごいいい子に思えたけどなー」

その予想外の返しに、オレは「ハッ？」と驚く。

「……それマジか？」

「え、うん！」

環は一切の躊躇《ちゅうちょ》なく頷《うなず》いた。

「だってアクマちゃんは、ちゃんとみんながハッピーになることを考えてるもん」

なん……だと？

アイツが、みんなの幸せを考えてる……？

「だって、最初からずっとミーたちを楽しませようって気遣ってくれてたよね？　急に目隠しされたのはびっくりしたけど、〝友達〟同士ならよくやることだし」

「そりゃ……そうかもしれねーが……」

「別行動するって率先して言ってくれたのも、成《せい》くんたちが気まずい思いをしないようにって考えてくれたからだろうしさ。成くん、あと陸《りく》くん京《きょう》ちゃんも、アクマちゃんちょっと苦手な感じだよね？」

「……」

オレは陸と京の顔を見る。

「いやまぁ……可愛《かわい》い子だとは思うけどよぉ。なんかこう、キャラがなぁ……」

「……私は、付き合いにくいタイプだと思う。あの陽キャノリが合わなすぎる」

環は「だよね」と頷いてから言う。

「だから自分から提案してくれたんだよ！　『もっと仲良くなったらね』って！」

ミーたちから迷惑だって言わせないようにさ！　と嬉しそうに話す環。

……言われてみれば。

確かに理屈は通っているように思う……か？

「ね？　悪い子じゃないでしょ？」

「アー……」

そして何より、あの環《たまき》がそう言っているんだ。もしかすると見え方が悪いだけで、中身はオレたちが思うより真っ当だという可能性もあるのかもしれない。

オレはしばらくじっと環の顔を見ていたが、すぐに首を横に振って、考えることをやめた。

……いや、なんにせよ、ここでアイツのことをどうこう考えても仕方がない。

環の見解は頭の片隅に置いて、とにかく今は本来の仕事に戻ろう。

オレは切り替えるようにシャツの襟元を正して、全員を見回す。

「コホン……予想外のトラブルはあったが、とにかく。あの城跡の展望台で、街の全体像を確認してみるぞ。それから次の行動を考えよう」

「「りょーかい！」」「えー……」

「よし、じゃあ向かうぞ」

元気組二人の答えでちょうどいい具合に京《きょう》の否定《こえ》がかき消されたので、誰も文句ナシということにして歩き始めた。

×　×　×

──山梨・甲府〈舞鶴城《まいづるじょう》公園・鉄門《くろがねもん》〉──


──とかなんとか言って、来てみたのはいいものの。

「ハァ、ハァ、ハァ……」

坂道に次ぐ坂道、階段に次ぐ階段で、オレの息はすっかり上がっていた。

甲府駅から見えた城跡、〈舞鶴城公園〉には徒歩5分ほどで辿《たど》り着いた。

城址《じょうし》公園なのでいわゆる天守閣的な建物はほとんどなく、石垣で囲まれた複数の広場みたいな公園スペースがメインとなっていた。

だが、昔の構造物をそのまま利用しているからなのか、とにかくエリア間の高低差がすごい。坂も多ければ階段の一段一段もアホみたいに高く、別のエリアに行くのも一苦労だ。

クソっ、誰だよ、もっとでけー声で反対しなかったヤツは……！

「成くーん！　だいじょうぶかーい⁉」

「がはは、やーいモヤシモヤシー！」

石階段の上、山門らしき場所で、余裕そうな顔の環と陸《りく》がナメたことを抜かしてる。

ちなみに京のヤツは「ひいおばあちゃんの遺言なの……淑女たるもの、10段以上の階段を上ってはダメ」とかワケわからん屁理屈《へりくつ》を捏《こ》ねて早々にギブアップ。

今は下の東屋で、近くの店で買った桃アイスを優雅に食べていやがる。

陸《りく》はともかく、環《たまき》に置いていかれるのはなんだか釈然としないので、なんとか気合いで足を持ち上げながら山門まで進む。

「ハァ、ハァ、ふぅー……」

「お疲れさまっ！　はいっ、飲み物だよ！」

「ま、まぁ、まだ余裕だが……貰《もら》って、おく」

オレは乱れた呼吸を誤魔化すように、環が差し出してきたペットボトルの水をごくごくと飲んだ。

アー、失われた水分が体に染み渡る……まだ6月だってのに暑すぎなんだよ盆地めが……。

「なぁなぁ成《せい》クン」

「……んだよ、寄ってくんな暑苦しい」

すると、なぜかニヤニヤ顔の陸が耳元で。

「それ、伊那《いな》ちゃんの飲みかけだぞっ」

「……ッ、ゲホッ、ゴホッ！」

思いっきり咽《む》せた。

「わっ、わっ！　成くん、どうしたのかい!?　何か喉に詰まった!?」

「ケホッ……ち、ちが……ゲホッ！」

「早くお水飲んで飲んでー！」

ぐいっ、と手に持つペットボトルを口元に運ばれるが、オレは仰《の》け反《ぞ》りながらそれを拒む。

「い、いいからっ！　ケホッ、もう十分だっ！」

「そ、そうかい……？」

「がはっ！　お前ってほんとそういうトコ小学生で止まってるよなぁ！」

「コラ陸、テメェ……っ！」

「おおっとあぶねっ」

いい加減にしろとばかりに一発パンチを放ったが、難なくひらりと躱《かわ》されてぴゅーっと走り去られてしまう。

クッソ、あの現場大好き肉体労働中毒者が……！　ちったぁ社長らしく本社で座り仕事だけしてろっ！　そして腰でもやっちまえっ！

未だあわあわとしていた環を制しつつ、しばらくその場で呼吸を落ち着かせる。

「ハァ、ふぅー……ったく、どいつもこいつも」

やっとまともに会話ができるようになったところで、オレはそう一人ごちた。

「仕事だっつーのに、どこまでお気楽なんだ。会社《ウチ》のメンバーなら懲戒だぞ懲戒」

ぶつぶつ、とオレが文句を漏らしていると、隣の環がぽつりと口を開いた。

「えっと、成くんさ……楽しいのは、ダメなのかい？」

「……なに？」

環《たまき》はオレの目を見て言う。

「確かに、お仕事はすっごい大事だと思うよっ。でもさでもさ、ずっとずっとガチガチに真剣で……えっと……そのことばっかり考えてると、さ。疲れちゃわないかい……？」

珍しく途中で言い淀《よど》むような様子を見せてから、環は言った。

オレはヨレたシャツの首元を直しながら答える。

「……別にガチガチなつもりはねーよ。アンタらが気を抜きすぎだ、って言いてーだけだ」

この前の選抜試験のように、ある程度勝算があり、先の展望が見えているものであればそれでもいい。

ただ、今回の課題は不確定要素が多すぎる。確実に実績を残せる見込みはないし、ほんのちょっとしたミスが大失敗に繋《つな》がることだって十分にありえる。

しかも相手取るのはあの九十九《つくも》だ。九十九を筆頭にしたビジネスの『化け物』たちだ。

お遊び気分で超一流ビジネスパーソンとやり合えるだなんて、オレはそんな風に楽観的にはなれない。

「とにかく、オレは気を抜くつもりはない。少なくとも、今回の事業戦略《ビジネスプラン》が形になるまでは」

「成《せい》くん……」

「そもそもオレが楽しかろーが楽しくなかろーが、アンタが気にする必要はねーだろ」

その言葉に環はハッ、とした顔になる。

「オレたちはただの〝ビジネスパートナー〟。お互いのビジネスをうまくいかせるために協力し合うだけの関係なんだからな」

オレのその言葉に顔を曇らせ、俯《うつむ》く環。

しばらく、場に沈黙の時間が流れる。

「……ねぇ、成く――」

「――おぉい！　二人とも、こっち来てくれ‼」

……と。

環が何かを言おうとしたタイミングで、陸《りく》の大声が周囲に響いた。

その声が先ほどと打って変わって真面目なトーンだったことに気づき、オレたちは二人して声のした方を向く。

陸は山門を通り抜けた先、広々とした芝敷きの広場の右側の、小高く展望台のようになっている場所で一人、大きく手を振っていた。

――。

イヤ、待て。

一、一人じゃ、ない……？

×××

――山梨・甲府〈舞鶴城《まいづるじょう》公園・天守台〉――


３６０度、甲府の街を見回せる展望台。

雲一つない青空の下、周囲の山々から吹きおろす、爽《さわ》やかな風の中。

この場所に自然と溶け込むような、透明感のある立ち姿で――。


「――やぁ。こんなところで奇遇だね、諸君」


――〈ＢＩＧ《ビッグ》・７《セブン》〉ナンバー・２。

〈新地平のイノベーター〉奏晶《かなであきら》が、佇《たたず》んでいた。


「えーっ、奏さん!?　どうしてここにいるんですか!?」

驚きで言葉を失っていたオレの代わりに、環《たまき》がそれを代弁してトコトコと駆け寄っていく。

傍で陸《りく》が頬《ほお》を掻《か》きながら言う。

「がはは……いやぁ、なんかすげぇべっぴんさんがいんなぁ、と思って声かけたらよぉ……」

P

「そう、そのべっぴんさんがあたしだったわけだ」

いえーい、といたずらっぽく笑う奏《かなで》さん。

近くまで駆け寄るなり、環《たまき》がぱっと明るく言う。

「あっ、もしかして奏さんもしゅっちょーですか!?」

「はは、相変わらず環君はかわいいな。そうそう、しゅっちょーだよしゅっちょー」

お忍びだけどね、と口元に人差し指を当てながら答える。

とはいえ、その格好は以前見かけた時と同じスーツ姿。つまり、プライベートではない。

「とりあえずいくつか地元企業と交渉をまとめてきたところでね。それで、次の約束までちょっと時間が空いたから、こうして観光に興じていたわけだよ」

「はぇー……」

爽《さわ》やかに笑うその姿は、本当に観光に来ているだけの大学生のようにしか見えなかった。

だがその本性は、最も今の〝世界〟を描き替える可能性を秘めた、誰よりも先進的な経営者である。


——日本。いや、世界で知らぬ者はいないとされるほどの超大企業〈SHINE《シャイン》〉。

始まりは小さな町工場だったその会社は、音響製品・映像機器など様々な革新的な製品を世に送り出し、時代の最先端を牽引《けんいん》してきた。

ジャンルに囚われない多角経営をよしとし、今や、アニメ・映画・音楽といったエンターテインメント事業、保険・証券・銀行といった金融事業、〈プレイターミナル〉を中心としたゲーム事業、光学半導体事業、医療・製薬、教育、ロボット、宇宙産業、自動運転技術――。ありとあらゆる事業分野においてその存在感を示し、国内のみならずグローバルに名を馳せる〝世界企業〟の一つとなっていた。

近年では、ひょっこりと新しい業界に参入しては、既得権《じょうしき》をぐちゃぐちゃにするような革新を巻き起こしており、ユーザーからすると利便性が向上する『救世主』、関係者からすると苦労して築き上げた市場を荒らされる『疫病神』として扱われていた。

その無茶苦茶な事業戦略《ビジネスプラン》の裏には、祖父が創業し、父親が発展させた会社の基盤をそのまま引き継ぎ社長になった、奏晶《あきら》の存在があった。

創業者の孫である奏さんは、会社に入り浸り、天性のセンスと持ち前の〝直感〟で革新的なアイデアを連発。まだ彼女が表舞台に出ていない頃から、いくつもの事業を成功に導いてきたといわれている。

〈ＳＨＩＮＥ〉は常識に囚われないことを是とする、実力至上主義の社風。

そんな背景もあって、今から3年前。父親は早々に代表権のない会長職に退き、当時18歳だった奏《むすめ》さんを社長にして全権を与えるという、異例中の異例である人事を断行したのだ。

そしてそれは、今日《こんにち》の〈ＳＨＩＮＥ〉を生み出した大英断として、世に語られている。

そんなことを思い出しながら、オレは引き続き頭を巡らせる。

——やはり奏《かなで》さんの動きの速さは異常だ。

思いついたら即行動、いいと思ったら即決定。

前は3割程度の的中率などといったが、新事業で3割の成功率というのは驚異的な数字だ。

野球の打率と同じように、超一流プレイヤーでなければ弾き出せない数値といっていい。

しかもそれを調査《リサーチ》や証拠《エビデンス》によらない〝直感〟で成し遂げる彼女のそれは、まさしく彼女にしか成し得ない特有の〝ビジネスモデル〟だった。

「……社長《トップ》がたった一人で出張とは、側近の方々はさぞ混乱してるでしょうね」

オレはひとまず場を繋《つな》ぐべくそう口を開く。

「はは、そうかもね。だからせめてお土産はしっかり買っておいたよ？」

ワイン工場があれば全社員に配れるでしょ、と。

そのお土産の規模のデカさに辟易《へきえき》としながら、ふと思う。


——これは、チャンスかもしれない。

オレたちの目的は、九十九《つくも》グループに匹敵する対抗勢力を作ること——〈BIG《ビッグ》・7《セブン》〉を仲間に引き入れた企業同盟を組むことだ。

規模でいえばヤツに次ぐ時価総額を誇る奏さんと、都市開発との関連は薄くとも数多《あまた》の専門企業を抱える〈ＳＨＩＮＥ《シャイン》〉と同盟が結べれば、かなりのアドバンテージを得ることになる。

しかもこうして彼女が一人の時に出会えたのは僥倖《ぎょうこう》だ。〈ＳＨＩＮＥ〉はワンマン経営の傾向が強いから、彼女の発言は取締役会で絶大な効果を持つはずだ。

さすがにこの場で同盟締結には至らずとも、せめて布石くらいは打っておくべきだろう。


オレはネクタイを締め直そうとしたが、ノーネクタイだったことに気づき、代わりに襟元をぴしっと整えた。

おそらく、奏さんの〝直感〟では甲府《ここ》を開発の有力候補と睨《にら》んでいるのだろう。でなければこのタイミングで社長自ら商談になんてこないはず。

それならまずは、そこを切り口にして攻める。

「……奏さんも、この街がお目当てですか？」

「お、真琴《まこと》君にしてはダイレクトに聞いてくるじゃないか。さては君、あたしと敵対するつもりはないいな？」

っ……くそ、また直感か！

もうオレの意図に勘付かれた！

奏さんは薄く笑ったまま続ける。

「競合相手《ライバル》に対するいつもの君は、決して直接ビジネスに関わる話はしないはずだ。自らは何一つ情報を出すことなく、巧みに相手側の情報だけを引き出して有効活用する——それが君のやり方だと記憶しているよ」

「……」

「そして、初手でその質問となれば、これはもう『実はあなたと商談をしたいと思っています』の前振りだと思うけど、違うかな？」

スラスラと語られる的確な推論に、オレは舌を巻く。

……奏晶《かなであきら》は直感の人だ。

だがそれは、直感だけが優れているということを意味しない。

超一流のビジネスパーソンとは、すべからく分析能力に長《た》け、論理的であり、頭がキレる。

この僅《わず》かなやりとりだけで相手の目論見を看破する程度のこと、できて当たり前なのだ。

いきなり主導権を握られて密かに歯噛《が》みしていたオレをよそに、隣からほわわんとした声が響く。

「お、おおう……？　ここでいきなりお仕事な流れになるのかい……？」

まったくついていけない、という顔で環《たまき》がオレと奏さんの顔を交互に見比べている。

そんな環を目をパチパチとさせながら見ていた奏さんは、ふっ、と爽《さわ》やかに笑うと、環の頭をぽんぽんと叩《たた》く。

「はは、ごめんごめん。ちょっと配慮が足らなかったね。真琴《まこと》君相手だと、ついついあたしも知恵比べっぽいことをしたくなっちゃうんだよね」

てへ、と舌を出す奏さん。

まだ完全に飲み込めていないのか、環は「はぇー……そういうものなんですかー……」と漏らす。

そして、ふと。

「でもでも奏さん！　ミーたちと一緒にお仕事したら、きっ、とたく、さん、刺、激的で、すよっ、！」

「……、へぇ？」

ぴくり、と。

奏さんは、環の放ったその言葉に一瞬、虚を突かれたように言葉を詰まらせた。

――ハッ。

さすがだ、環。

それが奏晶の核だ。

奏《かなで》さんが言葉を詰まらせることなんて滅多にないという事実を知らないまま、環《たまき》はぐいっと一歩彼女に歩み寄って続ける。

「だってミーたちは、すっごいそーだいな戦略《プラン》を考えてるんですから！　それこそ〝世界〟を変えちゃうような！」

「……なるほど、なるほど。だとしたら、なかなか魅力的な商談になりそうだね、環君」

奏さんは顔を綻《ほころ》ばせ、風に吹かれて乱れたサイドの髪をくいっと耳にかける。

そして寄りかかっていた欄干から腰を浮かすと、スタスタと歩き始めた。

「だけど、ちょーっとまだ、あたしの無意識にはビビッとこないかな」

「えっ？」

言いながら、環の横をすり抜けていく奏さん。

そしてオレの前にまで来ると、その目を僅《わず》かに細めて。

「そしてどうやら、その原因は君の方にあるらしい――真琴《まこと》君」

「……ハ？」


どくん、と。

なぜだか心臓が、強く鼓動を打った。

「どういう……ことです？」

「もちろん直感だ。というわけで、理由はあたしにもわからないな」

あっけらかんとそう言って、奏さんは肩を竦《すく》めた。

「ま、なんであれ、今日はそういう日じゃないでしょ。あたしらは、たまたま観光地で会っただけの顔見知り。『わぁ奇遇だねー一緒に写真撮ろー』くらいが本来のやりとりだ」

実際さっきもそう言ってたよね？　と、オレたちの後ろで黙って成り行きを見守っていた陸《りく》に笑いかけ、陸は「まぁ……」と苦笑で答える。

「あたしが言えた義理じゃないけど、物事には順序というものがある」

そして奏さんは、一段一段が高い石積みの階段を「よっ、ほっ」と掛け声をかけながら下っていき――。

途中でこちらに、ちらり、と目を向けると。

「――来《きた》るべき時、来《きた》るべきタイミングで、ちゃんと〝ビジネス〟の話をしようじゃないか」

それじゃあまたね、と。

階段を下り切った奏さんは、国内屈指の大企業の社長とは思えない、年相応の女子のような浮き浮きとしたステップで、風のように去っていった。

×　×　×

——山梨・甲斐〈CAFE DRAGON COFFEE《カフェドラゴンコーヒー》〉

「ふぅ……」

エチオピアコーヒーの深い苦味が、疲れた体にじんわりと染み渡る。

時刻は17時過ぎ。朝からほぼ丸一日動き回っていたことになるから、流石《さすが》に疲労感が体にまとわりついていた。

——奏《かなで》さんと別れた後、オレたちは〈リニア山梨駅〉の建設予定地を見にいった。

現状では駅舎含め、ほとんど未整備の状態だ。中央自動車横の開発予定地には広い田畑が広がっていて、その奥にイベントホールらしき建物があるくらいの場所だ。

陸《りく》によれば、駅近辺の整備計画は進んでいるが、市全体のトータルな都市計画は未だに具体化されていないらしい。恐らくその辺りが今回の課題の候補地に選ばれた理由なんだろう。

それから昼食を挟み、甲府市の市街地、名所、旧跡などを見て回り、最後に〈昇仙峡《しょうせんきょう》〉という景勝地を出たところで限界を迎えた京《きょう》が「もう無理、私は貝になる」と丸まってしまった。

オレはオレで流石に運転疲れしてきたこともあり、とにかく一旦休憩をしようという話でまとまり、こうして通りがかりのカフェに入った——というのが経緯である。

通された店の2階席で、陸が「がはは」と笑う。

「ったく、情けねぇ妹だなぁ。だからたまにゃ現場入れっつってんのによぉ」

「……うるさい脳筋バカ兄。私は元々知能労働者だし」

ピンピンした様子でアイスコーヒーを豪快に飲み干した陸と、ホットのカフェラテとアフォガードをちびちび口に運ぶ京。

木目の壁面にポップなアートが描かれたアメリカ風の装いの店内は、閉店間際ということもあってか、ほぼ客はいない。奥の席に高校生カップルと思しき二人がいるだけだった。

オレは腕時計に目を落としながら言う。

「……まぁ、とりあえず目ぼしいところは回れた。今日はもう宿に向かうか」

「おおっ！　ついに高級温泉旅館のターンだぜぇ！　和食懐石！　貸し切り露天！　そして——女風呂覗《のぞ》き!!」

「ドアホが、ＷＢＦ提携のビジホに決まってんだろ」

「ええええええ、マジかよぉ！」

男の夢がぁああああ、と大袈裟《おおげさ》に頭を抱える陸。

一応、温泉大浴場はついてるトコみてーだが……なんかムカつくし、教えてやんねー。あとコンプラ案件だけは死ぬ気で阻止すっからな、このヤロウ。

「ホテルはすぐそこ、甲府昭和ＩＣのすぐ近くだ。明日はそのまま高速で東京方面に戻って、圏央道経由で鎌倉を目指すぞ」

「へいへーい……」

「……そうして私は電車でお家に——」

「却下」

がくり、と二人して肩を落とす大島《おおしま》兄妹。

ったく、ほんとコイツらは……。

オレが呆《あき》れながらコーヒーを一口飲み込んで、ふと本来ならもう一人うるさいヤツがいることに気がつく。

「……環《たまき》？　どうした、疲れたのかよ？」

オレンジ入りのトニックコーヒーを手に、ぼーっとしていた環にそう声をかける。

すると環はハッ、と顔を上げ、にぱっと笑う。

「あっ、うん！　ぜんぜん元気だよ！」

「……またなんか考え事か？　他のコトが頭に入らねーモード」

「えっ。あっ」

しまった、みたいな顔で口元を押さえたあと、すぐに、えへへと恥ずかしそうな顔をして頬《ほお》を掻《か》く。

「ごめんねっ、もうそっちは終わりました！　お仕事には直接関係ないことなので、どうかお気になさらず！」

「……そうかよ」

「わーい、ホテル楽しみだなー！」

そう言って、ニコニコいつもの顔で飲み物を口に運ぶ環。

そっちの内容が若干気にならないでもねーが……まぁ、仕事に無関係なら別にいいか。

オレは、ふぅ、と息を吐いてから言う。

「とにかくアンタは、間違っても歩いてる最中とかにそのモードになるなよ。いつかぜってー事故に遭うぞ」

「はい！　気をつけます！」

「……って、言ってるそばから飲み物！　グラス傾いてっから！」

「わっ、わっ、ごめーん！」

僅《わず》かに溢《こぼ》れたドリンクを卓上布巾で拭きながら、オレは深々とため息をついた。

ああもう、この天然アホ娘は、ほんとに世話が焼ける……。

「……成《せい》ってよぉ、伊那《いな》ちゃんにだけやたら保護者ヅラするよなぁ」

「……完全にパパ気取りだし。きしょい」

「あぁ、なるほどそうか。じゃあ家族でもなんでもない完全無欠の他人どもにゃ、車に乗せてやる義理はねーな。ホテルまで歩いてけ」

「鬼！」

4 Side:環伊那 体ぽかぽか、心ぽかぽか

―山梨・昭和〈ウルトラホテル甲府昭和・502号室〉―


「ふー……」

ぼすん、とベッドに飛び込んで、ミーは息をついた。

成くんが言うには、夕ご飯は外で食べなきゃいけないらしくって、夜8時にフロントで再集合っていうことになった。それまでは各自自由時間だ。

部屋はみんな個別のシングルルームだった。トイレとお風呂が一緒なユニットバスってやつと、小さな机にドレッサー、そしてベッドだけの部屋だ。

初めて泊まったけど、ビジネスホテルっていうのはこういうものらしい。てっきりミーは、島の民宿みたいにみんな一緒におっきな和室に布団を敷いて泊まるようなイメージだったんだけど……そう言ったら成くんに「男女同室とか狂気の沙汰だわコンプラ爆弾が」とか怒られてしまいました。

ミーはふかふかベッドの上でごろん、と寝返りを打って天井を見る。シミ一つない、真っ白な天井だ。

それをぼーっと眺めながら、ミーは考える。

──今日の成くんは、しきりに『これは遊びじゃない、仕事だ』って言っていた。

それは本当にその通りだし、確かにミーも〝友達〟のみんなとの旅行に浮かれすぎちゃってたのはあると思う。だからそこは、ごめんなさい。

でも……『だから楽しんじゃいけない』っていうのは、どうなんだろう？

真剣にお仕事をすることと出張を楽しむことは、一緒にしちゃいけないものなのかな？

それがなんだか違うような気がするのは、ミーがぽんこつ経営者だからなのかな……。

……。

……ううん、たぶん。

それだけじゃなくて。

最近の成《せい》くんは、いつもの成くんより、心が固いから。

たぶん、それも影響してるんじゃないかな……って、そう思う。

でもミーには、どうやってその固さを解《ほぐ》してあげればいいのかわからなかった。

それは成くんの、心の根っこに深く根付いているもの——だろうから。


——コン、コン、コン。


ノックの音が聞こえて、ミーははっと我に返る。

「は、はーい！　入ってまーす！」

って、あれ？　そ、そう答えていいのかな？

ミーはベッドから飛び起きて　ドアのほうまでパタパタと走っていく。

がちゃり、とゆっくりドアを開けてみると、そこには——。


「……こんばんは。大浴場、行かない？」


汗流したい、と。

着替えバッグを持って優しく笑う、京《きょう》ちゃんが立っていた。

×　×　×

—山梨・昭和〈ウルトラホテル甲府昭和・大浴場〉—

——カポーン。

「はぇー……すっごい……」

「ああ極楽……温泉成分が体に染み渡る……」

ミーと京ちゃんは、とろけるようにたらーんと足を伸ばして湯船に浸かっていた。

大浴場は名前から想像するようなでっかい露天風呂じゃなくて、いくつかの洗い場と10人くらいが入れる湯船があるだけの内湯だった。時間がまだ早いからなのか、今はミーたちしかいない。

「島だと温泉ってないんだけどさー……海とはまた違って気持ちいーねー……」

「…………」

「……？　そんなこっち見て、どうしたのかい？」

「……ううん。水に浮くって噂《うわさ》、本当だったなって」

じとー、って感じにミーを見ていた京《きよう》ちゃんがずぶずぶと湯船に沈んでいった。

お、おおぅ……？　体のことかい……？　でも塩分ないし、海よりは浮かんでないと思うけどな……。

「ところで」

ざぱぁ、と顔をお湯から出して、ふるふると水を切った京ちゃんが話しかけてくる。

「今日、楽しかった？」

「……あ、うん！　めっちゃ楽しかったよ！」

ミーはちょっとだけ答えを迷ってから、そう元気よく答えた。

京ちゃんは「そう」と短く答えてから、ふぅ、と小さく息を吐く。

「……ごめんね。成《せい》の馬鹿があんなんで」

「えっ……？」

急に成くんの話になって、ミーは驚いて京ちゃんの方を見る。

京ちゃんは手を組んで、ぴゅっぴゅっ、と水を飛ばしながら話す。

「成がいくら仕事馬鹿だって言っても、普段はもうちょっと緩《ゆる》い。そもそも観光業だってその土地の大事な産業だから、実際に体験して楽しむことが悪いなんてことあるはずないし」

ちゃぽん、と手をお湯に沈める京ちゃん。

「たぶん今回の課題が、成のビジネスが生かせない分野だから、焦《あせ》ってるのもあるんだと思う。コンサルはあくまで経営者を助ける仕事で、自分が直接何かできるわけじゃないから……」

いつもの京ちゃんに比べて、長い語り口。

……そっか。

京ちゃんは、成くんの態度にミーが心を痛めてないか心配して温泉に誘ってくれたんだ。

思えば旅の最中も、陸《りく》くんと一緒にミーに気を使ってくれていた。ミーと成くんが険悪にならないように、空気を読んで場を和ませてくれていた。

相変わらずの優しさに、体だけじゃなくて心までぽかぽか温かくなる。

「それに〈BIG《ビッグ》・7《セブン》〉には、あの九十九《つくも》がいるし――」

「京ちゃん」

ミーは、どん、と胸を叩《たた》く。

「大丈夫です！　ミーは成くんの〝ビジネスパートナー〟なので！」

その言葉で、京ちゃんがミーの方を見る。

「成くんの苦手なこととか大変な時は、ミーが頑張ればいいだけだもん！　特に今回はミーの力が重要だ、って言ってたし！」

「……伊那《いな》ちゃん」

「それに京ちゃんに陸くんまで一緒なんだから！　絶対絶対、うまくいくよっ！」

むふー、と両拳を握りながら断言すると、京《きょう》ちゃんは「……ふふっ」と小さく笑った。

「……ほんと元気。今日一日あんないっぱい歩いたのに」

「えへへ、元気とやる気だけは売るほどありますよっ！」

「私はもう無理。全身ギチギチばっきばき」

「あっ、ならマッサージするかい!?　小ちゃい頃からおじいちゃんおばあちゃんによくやってたから、けっこう経験ありますよー！」

「っ、ちょ、くすぐったい……かも」

「おーおー、お客さん足も腕も乳酸たまってますねー！　ゆっくり流してきますねー！」

「んっ、ははっ、や、やめっ……あはは……っ！」

そんなこんな、ミーたちは温泉で心も体もばっちり癒やされたのでした。

5 Side:真琴成　裸の付き合い

—山梨・昭和〈ウルトラホテル甲府昭和・大浴場〉—

——夕食を済ませたところで今日の行程は全て終了。それぞれが自室に戻っていった。

それからオレは、溜まってた通常業務を片付け、気づけば時刻は深夜1時。

明日の朝も早いことだし、流石《さすが》に今日は早めに寝るか——と、備え付けのシャワーを使おうとしたところ、なぜだか水しか出ない。

フロントに問い合わせたところ、オレの部屋のある区画で給湯設備が故障したとかで、今日中に復旧の見込みはないとのこと。代わりに本来なら営業時間終了済みの大浴場を開放しているので、そちらを使ってほしいと言われた。

ただ汗が流せればよかったのであまり気乗りはしなかったが、そういう事情なら仕方ねー。

さくっと済ませるつもりで最上階の大浴場へ向かい、中に入ったところ——。


「——げっ」

「おぉ、成《せい》じゃねぇか！」


湯船で一人、悠々とくつろぐ陸《りく》と出会ってしまった。

「……クソ。お前も故障に巻き込まれたクチかよ」

オレはげんなりとした顔でそう漏らす。

「がはは、何言ってんだ！　空《す》いてたから入っただけだぜぇ！」

「オイ、無関係かよ。だったらもっと早く入れや」

「あのなぁ、温泉ってぇのは、入れる限り何度でも入るもんなんだよ、普通」

そんな普通は知らねーけどな……。

オレは仕方なしに洗い場に腰を下ろし、体を洗い始める。さほど広い浴場ではないが、時間も時間だからか他の客はおらず、二人では十分すぎるくらいに余裕がある。

「がはは、泳ぐにはちともの足りねぇなぁ！　成《せい》がほっぽらかし温泉寄ってくれりゃぁ大露天風呂楽しめたのによぉ」

「オイ、泳ぐなアホ！　小学生かお前は！」

「バーカ、中学でも高校でも、野郎ってのはでけぇ風呂じゃ泳ぐもんなんだよ！　まっ、小卒でカナヅチの成クンにはわかんねぇかもなぁ！」

「クソが、平泳ぎぐらいできるっつーの……！」

プールの授業だって一回ぐれーは出たことあるわ！

ザバザバとうるせーマウント野郎をスルーしてさっさと髪と体とを洗い、その場を去ろうと立ち上がる。

「おいおい、湯船入ってかねぇのかよ？　疲れ取れねぇぞ？」

「お前とプールごっこして遊ぶするつもりはねーよ。とっとと戻って寝る」

フン、と鼻を鳴らしてペタペタ出口に向かっていくと、陸《りく》の「ハァ……」というため息が浴室内に反響した。

「――お前なぁ。ちったぁ余裕持てや」


その言葉にぴくり、と耳が反応する。

「……どういう意味だよ」

オレが振り向くと、泳ぐのをやめてどっかり湯船のへりに背を預けた陸が言う。

「気ぃ張りすぎなんだよ。俺や京《きょう》は慣れてるからいいが、伊那《いな》ちゃんが可哀想だろうが」

「……ハ。遊び半分で仕事するのが正解だとでも言うつもりか？」

「お前、そういう意味じゃねぇ、ってわかって言ってるだろ」

ざわり――と、胸騒ぎがした。

陸はオレの内心を見透かしたように言う。

「完全に意識すんな、ってぇのが無理なのはわかる。だが、それを踏まえても余裕を持って臨むのがビジネスパーソンってヤツだろぉが」

「……。お前に言われなくても、そんなことは百も承知だ」

陸はやれやれという顔をして、ざばぁ、と湯の中で大の字になった。

「事故ってのはな。工期に余裕がねぇ時に限って起きたりするもんだ」

「……」

「お前流に言うなら、ちゃんとマージンとっとけ、ってことだよ」

そこまで言ってから陸《りく》はニカッ、と笑うと。

「そもそも課題の方は、俺と京《きょう》がいりゃギリ形にはなる。しち面倒くせぇが、機密保持契約《NDA》さえ撒《ま》きゃ、親会社《オヤジ》の力だって使える」

「……」

「だから明日からはよぉ。もうちょいマシな感じで頼むぜぇ」

「――……」

オレは密かに息を整えてから「フン」ともう一度鼻を鳴らし、陸に背を向ける。

「……とかなんとか、うまく言いくるめたつもりだろーがな。湘南でサーフィンだの海鮮グルメの食べ歩きだのは許さねーから」

「がははっ、バレたか！」

そういつものノリに無理やり戻してから、結局湯船にはつからずに大浴場を後にした。

脱衣所で体を拭き、備え付けの寝巻きに袖《そで》を通しながら、ぎり、と歯軋《はぎし》りする。

――陸。

そんなことは、重々承知してんだ。

何事も、マージンをとっておくことは大事。余裕がなければ、何か一つ失敗しただけで致命的なことになりかねない、なんてことくらい。

今回の課題、都市計画の基本中の基本である土木建築と住宅メーカーの協力があれば、最低限の形を整えることはできる。ただ課題をクリアするだけ。ある程度の成果を示すだけなら、今のメンバーで必要十分だってこともわかってる。

だけどな——。

「……余裕《マージン》なんて取っていられるほど、甘かねーんだよ」

今の〝世界〟と、戦うには。

6 Side:環伊那 コミュ力お化けの真髄

—神奈川・藤沢〈片瀬・湘南海岸〉—

次の日の朝、10時頃。

今日もまた真っ青な空の下、ホテルから出て数時間車を走らせたところで――。

「うわぁ……！　海だーっ！」


視界が開けた瞬間、ミーは思わずそう叫んでしまった。

一面に広がる真っ平らな景色。慣れ親しんだ潮の香り。

海とか浜の色は島のそれとは違うけど、間違いなく、ミーがずっとずっと一緒に育ってきた海だった。

「あっ、あれが江の島ってやつかい⁉」

「がはは、そうだぜ！　そんでここらが、かの有名な湘南海岸ってやつだぞぉ！」

「……関東圏の一大観光地」

浜辺沿いの道には南国風のオシャレなお店やマンション、お土産屋さんなんかが立ち並んでいて、たくさんの観光客がいる。

ウチの島より何十倍も発展してるけど、南国をイメージした雰囲気はどこか似てるように思えて、すごく懐かしい気分になった。

「江の島の方はもっとすげぇぞ！　しらす丼食おうぜぇ！」

「……丸焼きのたこせんべい食べたい」

「わー、食べたい食べたいっ！」

「江ノ島は鎌倉市じゃねーよ」

ぴしゃり、と運転席の成《せい》くんに言われてしまい「あっ、そうなんだ……」としゅんとなる。

うう、またはしゃぎすぎちゃったかな……。

目の前の信号が赤になって車が止まり、しばらくシン、と静かな時間が流れる。

でも、ふと成くんが、バックミラー越しにミーを見て「はぁ」とため息をつくと。

「……鎌倉市内の方は、車だと動きにくいらしい」

「……？」

「だから、車はこのあたりのコインパーキングに止めて、電車で市内に向かう。そこから大船方面に抜けて、最後は大船から湘南モノレールを使う、いわゆる鎌倉周遊ルートで回る計画だ」

いまいち成くんの言いたいことの意図がわからなくて、ミーは首を傾《かし》げる。

成くんは、こほん、と咳払《せきばら》いをすると――。

「つまり、だ。最終的に、夕方にゃこっち方面に戻ってこなきゃなんねーんだよ」

「――っ！　それって……！」

フン、と成くんは鼻を鳴らして。

「だから、まぁ……もしそん時に、余裕があったら、な」

そうぶっきらぼうに言ってから、成《せい》くんは青信号になった道路を走り始めた。

うわぁ……！

「成くんっ……！　うれしいっ、ありがとうっ！」

「おおっ!?　ついにツンデレがデレたかぁ!?」

「……典型的なツンデレ論法すぎて草」

「おいバカやめろ、シートを揺らすな！　あぶねーだろがっ！」

×　×　×

―神奈川・鎌倉〈鎌倉駅前・小町通り〉―


ひとまず中心地に行こう、ということでやってきた鎌倉駅。

なんとなくゆったりとした海岸通りの方とは違って、こちらは建物やお土産屋さんがぎっちり立ち並んだ観光地、っていう感じだった。

「すごいね、六本木の街より人通り多いかも……！」

「オレも初めて来たが、平日でもコレはなかなかだな……」

若い人からおじいさんおばあさん、海外の人まで雑多に入り乱れる歩行者天国の道路は、平日だっていうのにすっごい人通りだ。

ずーっと真っ直ぐ続いてるらしいその道は、両脇が全部食べ物屋さんやお土産屋さん。オシャレな今風スイーツのお店から昔ながらのお漬物屋さんまでなんでもあるよ、ってラインナップだった。

「がはは、鎌倉定番の〈小町通り〉ってとこだ。こっから突き当たりの〈鶴岡八幡宮《つるがおかはちまんぐう》〉っていう有名な神社までこんな調子だぜぇ」

「人酔いしそう……」

陸《りく》くんの後ろに隠れて、うっぷ、と苦々しげな顔でいる京《きょう》ちゃん。

ひとまず進んでみよう、ということで人混みに紛れながら小町通りを歩いていくミーたち。

「ふむ……にしてもすげー密集具合だな。開発の余地あんのかコレ」

「古都なだけあって今じゃ考えられねぇ道の作り方してんなぁ。電線が地中化されてなきゃとんでもねぇ狭さだぜ」

成くんたちがそう話す傍ら、ミーは道端のお漬物屋さんをちらっと覗《のぞ》いてみる。

「はい、いらっしゃい！　ウチの鎌倉野菜の漬物は天下一品だよ！」

するとお店のおばちゃんが元気よく話しかけてきてくれた。

「こんにちは！　めっちゃおいしそうなお漬物ですね！」

「そうだろぉ？　ほら、試食してみな！」

「わっ、ありがとうございます！」

ミーは楊枝に刺して差し出されたお漬物を受け取ってぱくりと口に運ぶ。

「んっ！　この野沢菜のお漬物、めっちゃおいしい！」

「そうだろぉそぉだろぉ？　昔ながらの製法で作ってるのは今じゃウチだけだよ！」

「へー、昔ながら！　いつくらいからお店やってるんですか⁉」

「といっても、この小町通り店は商店街ができた昭和初期からだけどねぇ、ウチの本店はお隣の〈若宮大路〉で、そっちは明治の頃から商いさせてもらってるよ！」

明治！　はぇー、すっごい！

「このあたりのお店ってみんなそんな歴史ある感じなんですか⁉」

「いやぁ、世代交代で新しい店もたくさん入ってきてるよ！　なんにせよ、みんな鎌倉が好きなのさ！」

「うん、それはすっごい伝わってきます！　どのお店の人たちも、みんなめっちゃ充実してそうだな、って！」

「はは、そうかいそうかい！」

そう満足そうに言ってから、おばちゃんは苦笑する。

「まぁこんだけ人が多いと日常生活にゃ不便なこともあるけどねぇ」

「おおぅ……そういえば、さっきからちょこちょこ車が横切ったりしてますよね？　信号とかもないし、通り抜けるのめっちゃ大変そう」

「一歩入れば昔っからの住宅街だからねぇ。この辺りに住んでると車を使うのは難儀さね……まぁ、それでも住み慣れた場所を離れるよりはいいさ」

「それ！　めっちゃわかります！　不便でもやっぱ住み慣れた場所の方がいいですよねっ！」

「おっ、お嬢ちゃん話がわかるねぇ！　よっしゃ、それじゃサービスで、2袋セットにしてあげるよ！」

「いいんですかっ。わーい、じゃあお土産用にくださいな！」

「毎度ありぃ！」

えへへ、実家に送ってあげよっと！

ミーはニコニコで袋を受け取ってみんなの元に戻ると、近くで待っててくれたらしい成《せい》くんたちが、ふっ、と笑った。

「相変わらずの人たらしっぷりだな、オイ」

「がはは！　だいたい知りてぇことは聞いてくれたなぁ！」

「……流石《さすが》はコミュ力お化け」

「えっ……？」

ミー、お土産選んでただけなんだけどな……？

「やっぱり抜本的な再開発は住民の合意が得られそうにねーな。区画整理すら無理そうだ」

「特に旧市街は手がつけらんねぇだろうなぁ。土地を手放す地主がいそぉにねぇよ」

「……どう見ても再建築不可物件の温床だと思う。接道義務なにそれおいしいの、って感じ」

そして急にすっごくビジネスっぽい話が始まって、ミーは「おおぅ……」と若干たじろぐ。

「となると駅周辺は、歴史重視・景観維持の方面での整備が限界か。難易度としちゃ激高だ」

「その分、うまくできりゃ成果はでかそうではあるけどよぉ……ちぃと俺らだけじゃ厳しそうかもなぁ」

「会社《うち》はリフォームもできるけど、専門じゃないから……特に在来工法の木造は、ちょっと」

ま、まぁ、なんか捗《はかど》ってるみたいだからいいっぽい？

ミーが頬《ほお》をぽりぽりと掻《か》いていると、ふと成《せい》くんがこちらを見た。

「環《たまき》。アンタはその調子で、テキトーに買い歩きしながらいろんな人と話しとけ」

「お、おおぅ？」

「なんなら店だけじゃなくて観光客ともな。それが仕事だ、任せた」

「あっ、は、はい！」

なんかお仕事みたいです！　よくわかんないけど、それでいいなら頑張ります！

そんなこんな、みんなが見守ってくれてる中、ミーは好き放題にお店に入ったりお客さんたちと仲良くなったり、いつも通りに過ごしたのでした。

7 Side：真琴成　和洋合一

―神奈川・北鎌倉〈円覚寺〉―

小町通りを一通り見て回ったオレたちは、昼食をとってから〈大船駅〉方面に向かう電車に乗り込む。

鎌倉は基本的に鎌倉駅―鶴岡八幡宮《つるがおかはちまんぐう》の鎌倉駅周辺エリアに、商業施設や飲食店が集中する観光エリア。サーフィンなどのマリンスポーツが盛んな海岸沿いの材木座・由比ヶ浜《ゆいがはま》エリア。大仏殿のある高徳院《こうとくいん》を中心とした特に歴史深いエリア。山間にあり、円覚寺・建長寺といった有名な神社仏閣が多い北鎌倉エリアなどに分かれている。

新しく住宅地開発が進んでいるのは、主に大船エリア・鎌倉山エリアのようで、前者はいわゆる駅前重点開発型の都市であり、後者は新築の一戸建て住宅の立ち並ぶ高級住宅街らしい。

エリアによってかなり雰囲気に差があるのが鎌倉市であり、新旧入り混じった独特な特徴を持つ都市であるようだった。

――プシュー、がちゃん。

続いて、北鎌倉エリアの〈北鎌倉駅〉で下車したオレたちは、踏切の目前に寺社に至る階段があるという、なんとも鎌倉らしい雰囲気の場所までやってきた。

オレは長い階段の先にある〈円覚寺〉の山門を見上げながら言う。

「よし……とりえず景色が一望できる高台に向かうか」

「がはは！　昨日と同じパターンだなぁ！」

「……うげー」

「なんか言ったか、京《きょう》」

「バカとなんとかは高いところが好き、って言った」

「嘘《うそ》つけ、余計ひどくなってんじゃねーか」

「あはは！　とにかく行ってみようよ！」

環《たまき》の掛け声で、ひとまず階段を上っていくオレたち。

山門（正確には総門というらしいが）を越えて入場料金を払い、正面の仏殿がある方を見遣るが、どうも進んだ先で景色が開けるような感じではない。

どこか別の方面で展望台でもないもんか……。

「おっ、こっちによさそうな道があるぜぇ」

ふと、左の山側に向かっていく横道を見つけた陸《りく》がそう叫んだ。

オレはスマホを取り出してマップアプリで確認するが、ストビューがある道ではないようだ。

というか、どちらかというと寺の管理用通路のように見えるんだが……。

「オイ、ほんとにそっち行って大丈夫なのかよ？」

「がはは、地形的にもこの道はアリ、って俺の勘が言ってんだよ。行ってみよぉぜぇ」

そう言って、ずんずんと進んでいく陸。

……まぁ、地形だの道路だのに関しちゃアイツの勘はマジで信用できるからな。いつぞやの山岳道路建設の時も「なんかこっちはヤベェ気がする」って感覚で計画変更したら、元の場所が台風で土砂崩れになった、なんてこともあったたっけか。

「じゃあ環、京、行くぞ」

「らじゃーです！」

「私はそこのお茶屋さんでお留守番――」

「アホ、今回は住宅地の確認なんだから、お前も来い」

オレの言葉にこの世の終わりのような顔をした京。

「しんでしまいます……」

「大丈夫だよ、京ちゃんっ。いざとなったらミーがおんぶしてあげる！」

「ハッ、だとよ。諦めてついてこい」

「……そこで自分がおぶるとは言わないモヤシ野郎であった」

ちげーよ。いくら幼馴染《おさななじみ》だろうがそれはコンプラ案件だからだ、アホ。

×　×　×

―神奈川・北鎌倉〈白雲庵《はくうんあん》・雲頂菴《うんちょうあん》付近〉―


　オレたちは車道の中央に歩行者用の階段がくっついた形状の急坂を歩き、山腹をぐんぐんと登っていく。途中に幼稚園のような施設や建物が現れたので、少なくとも寺院関係者以外お断り、という道ではなさそうだった。

「ハァ、ハァ……ふぅ……」

　やっとある程度平らなところまで辿《たど》り着いたオレは、両手を膝《ひざ》について息を整える。

　クソ、なんて高低差の多い土地だ……道路一つとっても狭いし急勾配《こうばい》だしで、日常生活するだけでもキツそうだぞ、こりゃ。

「大丈夫かい、成《せい》くん？　お水また飲むかい？」

「がはは、膝笑ってんぞぉー」

「……情けない、この程度で」

　こんな余裕綽々《よゆうしゃくしゃく》な発言をしている京《きょう》だが、実は数十メートル進んだだけで「ギブ、限界、死亡。骨は拾って……」とかなんとか言い始め、本当におんぶされてここまでやってきた。

宣言通り環《たまき》が颯爽《さっそう》と背を差し出そうとしたが、ふと前を歩いていた陸《りく》が「……ったく、しゃあねぇなぁ」とか言いながら戻ってきて、ひょいっと京を担いだ。

そんな兄の行動になんともいえない顔になった京が「……っ、やめて馬鹿兄。過保護、過干渉、シスコンのド変態」とかぺしぺし頭を叩《たた》いていたが、陸は「うっせぇなぁ。お姫様だっこよかマシだと思えや」と構わずにズンズン運搬していったのだった。

この兄妹、双子のクセに仲良いんだか仲悪いんだかよくわかんねー時あるんだよな……息も意思疎通もピッタリなんだが。

そうこうしてるうちに息も落ち着いてきたので、すーはー、ともう一度だけ深呼吸してから周囲を見回す。

陸の予想通り、小高い山の中腹に沿って作られた道路からは北鎌倉の景色が一望でき、大体の構造が把握できた。

比較的開けていた鎌倉市街とは違い、こちらは完全に山間の街という感じだ。パッと見、新規で開発できる余地はどこにもなさそうだった。

「んん、この先は普通の住宅街ってとこだろぉなぁ……」

目を細め、進行方向を眺めていた陸がそう言った。

「とりあえずもう少し進んでみるかぁ？　たぶんだが、行き止まりってこたぁねぇと思うぜ」

「……そうだな」

周囲はどちらかといえば歴史保全区域という感じの趣で、文化財らしき庵や、名所らしい石碑などが点在している。つまり、100％再開発ができるような場所じゃない。となれば、普通の住宅地の方がまだ可能性はあるだろう。

そんなわけで、オレたちは再び道を進み始める。

どうやら最初の上り坂が一番の難所だったようで、今はなだらかな道が続いていた。多少楽になったからか、京《きょう》も陸《りく》の背からさっさと降りて、環《たまき》の隣に並んで一緒に歩いている。

しばらくその道を進んでいくと、今度は突き当たりでこれまでと趣の異なる白壁の場所に行き着いた。

向かって左には下り階段が伸びていて、白壁を回り込むようにクランク状に道が続いている。おそらく寺院か何かの建造物がこの壁の向こうにあって、それを避けるように道が作られているんだろう。

ただ陸の予想通り行き止まりではなさそうなので、そのまま先へ進んでいく。

「しかしこの調子だと、いわゆる『鎌倉』らしいエリアの開発は相当難儀だな……」

「そうだなぁ。この手の土地に特化した企業じゃねぇとうまいことできそぉにねぇ」

「……やるにしても、鎌倉山のニュータウンか大船駅近辺に的を絞るしかないと思う」

「だがそうすると、この土地の特徴を生かした都市計画ってことにはならねー。仮にオレが審査員なら、その手の逃げの選択は印象悪く見え――」

――と。

階段を下り終え、L字のクランクを曲がって進んだ、その先で――。

「――あら。これはみなさま」


ちりん、と優しく響くような声。

寺院の入り口、古びた門の前に、色鮮やかな和服のような洋服。

古都・鎌倉の街並みに溶け込むような雰囲気を身に纏《まと》いながら、それでいて今が『令和』であることを感じさせる現実的な存在感。

和洋折衷《せっちゅう》、新旧融合。

――〈BIG《ビッグ》・7《セブン》〉ナンバー・5。

〈ニュージャポニズムの伝道師〉調布乃栄《ちょうふのえ》が、静かに佇《たたず》んでいた。


「わっ、調布さん!?」「げ、調布!?」「……乃栄さん？」

三者三様の驚きの声が、ほぼ同時に響いた。

調布さんはすっと柔らかく「ご機嫌よう」と腰を折って、それからくすりと笑う。

「まさか、こんなところでお会いするとは。普段、あまり人通りのない場所なのですが」

周囲は車が通れるかわからない狭さの石畳の道。寺院の正面からまっすぐ崖下に延びる長い階段の向こうには北鎌倉の街が広がっていて、階段下《ところ》では作業服姿の人間が数人見える。写真やメモをとっているようなので、調布《ちょうふ》さんの会社の社員かもしれない。

……ということは、だ。

「……やっぱり乃栄《のえ》さん、鎌倉狙い、ですか？」

と、茶飲み友達だという京《きょう》がまっ先に尋ねた。

調布さんは、くすり、とお淑《しと》やかに笑う。

「それは企業秘密です――と、言いたいところですが、こうしてお会いしてしまった以上は隠しても無駄でしょうしね。ええ、京さんのご推察通りですよ」

……やはりか。

大方予想はしていたが……鎌倉に目をつけるよな、そりゃ。

――都市開発の大家《たいか》〈株式会社西京《せいきょう》エタニア〉
生業《なりわい》は専《もっぱ》ら、高層住宅・オフィス・商業施設・ホテルなどの不動産開発・販売・管理会社であり、名前もそのまま〈西京不動産〉。子会社の〈西京電鉄〉という東京を東西に結ぶ路線の駅周辺開発を中心に発展してきた不動産デベロッパーだ。

認知度の高さ、信頼性、安定的な事業基盤から国内有数の優良企業とされていたが、一族経営の宿命か、今から5年前、当時の社長である調布《ちょうふ》さんの祖父が急逝した折にお家騒動が発生。一時はグループ解体かとも噂《うわさ》されるほどの騒ぎに発展した。

しかし突如、当時17歳だった調布さんが、地方型総合ショッピングモール業界の雄である〈株式会社エタニア〉との合併話というとんでもない案を持ち込んできて瞬く間に社内を掌握。他派閥を蹴散らし、彼女が18歳で成人したタイミングで新会社〈株式会社西京《せいきょう》エタニア〉代表取締役社長へと就任したのだった。

地方に強い〈エタニア〉の力によって、都内に留まっていた勢力圏を全国へ急拡大させるとともに、アパレルや家電といった新事業分野のノウハウも得て急躍進。

そして、彼女の掲げる『あたらしい、ふるい日本』という日本古来の価値観を令和の時代にアップデートさせるという〝世界〟観を全面的に打ち出すことで、『令和のハイカラ』と呼ばれる価値観が若者の間でムーヴメントを引き起こし、今やファッション界においても存在感を持つようになった。

奏《かなで》さんと並び、近年稀《まれ》に見る女傑として世間からは認識されている。

――調布さんの〝世界〟観や〝ビジネスモデル〟は、まさしく古都鎌倉にふさわしい。むしろ彼女以外に、この街を最も発展させられる者などいないと思えるほどに、だ。

「でも調布、一体どうするつもりだぁ？　道幅の拡幅もできなきゃ、景観条例で駅ビルの建設すら無理そうだぜぇ？」

両手を頭の後ろに回し、軽い調子で尋ねる陸《りく》。

調布さんはこくりと肯定の頷《うなず》きを返した後、静かな口調で続ける。

「ええ、ですのでそうした手法は一切使うつもりはありませんよ。不動産開発というのは、ただ箱物を作るビジネスではありませんからね」

「がはは、建設業にゃ耳が痛い発言だなぁ」

「……やっぱり古家のリフォームメインですか？」

「そうなるでしょうね。無論、それだけじゃありませんが」

再びくすり、と笑った調布さんは、人差し指を立てて口元に持ってくる。

「さすがにこれ以上は内緒、です。我々はライバルですからね」

「……」

大島《おおしま》兄妹の話を聞いていたオレは、ここからどう話を進めるべきか考える。

──奏さんに続き振って湧いた〈BIG《ビッグ》・7《セブン》〉との邂逅《かいこう》。

だが協業を提案するにしても、現状、向こうのメリットがなさすぎる。

陸も京《きょう》もこの街ではその能力を生かしきれないし、〈西京エタニア〉レベルの大企業となれば、オレのコンサルが必要になる場面も少ないだろう。

第一、オレは調布《ちょうふ》さんのことを知らなすぎる。彼女にどう営業《アプローチ》をすれば刺さるのか、彼女のビジネスにおける判断基準が何なのか、それが掴《つか》みきれていない。

となれば頼りになるのは、やはり環《たまき》だが——。

ちら、と環の姿を探すと、既に調布さんのすぐそばに駆け寄って、「うわぁ……！」と目を輝かせていた。

「調布さん！　その服！　めっちゃかわいいですね！」

「……あら。ありがとうございます、環さん」

調布さんは環お決まりの距離感の近さに若干戸惑う様子を見せつつも、すぐにはにかむように笑う。

「この前の説明会の時から思ってたんですっ。わっ、その鳩模様の巾着もかわいいっ！」

「ふふ、この巾着は鎌倉の職人の手によるものなんですよ。湘南手捺染《しょうなんてなっせん》という染め物です」

「へぇー、すっごい！　もしかして自分でデザインとかしてるんですか!?」

「いえ、あいにくわたしくは絵心には恵まれず……知人に頼らせてもらっています」

「おぉう、じゃあすっごいセンスのある〝友達〟がいるんですね！　いいなー、かわいいなー、ミーも欲しいなー」

「よろしければプレゼント差し上げましょうか？　近ヽく生ヽ産ヽラヽイヽンヽにヽ乗ヽせヽるヽつヽもヽりヽでヽすヽのヽでヽ」

「えっ？　ううん、そんな、悪いです！　ちゃんと自分のお小遣いで買いますので！」

「ふふ、ご遠慮なさらず。お近づきの印、ということで後日ご自宅までお送りしますよ」

うわぁ、ありがとうございますっ！　とはしゃぐ環を横目に、オレは手持ち無沙汰《ぶさた》に周囲を見回している風を装って考える。

染め物の生産ライン――まさかオリジナルブランドの展開でもするつもり、か？

〈西京《せいきょう》エタニア〉は〈エタニア〉を吸収したことで、商品のプライベートブランド開発《P　B》のノウハウを持っている。

まさか不動産開発をメインにするだけじゃなく、鎌倉の独自ブランドを展開して都市全体の魅力度を上げる公算か……？

オレはさりげなく環たちの話している階段上のところから2、3段下あたりに移動して、さらなるヒントを得るべく耳を澄ます。この位置関係なら、向こうからは目が届きにくいはずだ。


「――いけませんよ、真琴さん」


ピリッ、と。

突然、これまで一度もこちらを見ていなかったはずの調布さんの言葉がオレに向き、思わずぎょっとする。

調布さんはオレを見ると、静かな声音のまま告げる。

「聞、き、耳、は、よくありません。何かご質問があるのでしたら、直接どうぞ」

「…………、いえ、失礼しました。そう見えたのなら謝ります」

オレは頭を下げつつ、心中で舌打ちする。

……流石《さすが》に目ざといな。おっとりしたような顔して、やっぱり伊達じゃねー。

オレがどう返すべきかと悩んでいるうちに、調布《ちょうふ》さんはスッと目を細めて言う。

「ジェンダーフリーの時代ではありますが、女性の、陰、に、隠、れ、る、殿方というのは、わたくしの好みではありません。自ら前に立ち堂々と振る舞うべきです」

「いえ、それは――」

「おっ、調布！　そりゃあ俺が魅力的ってことかぁ!?」

と、空気を読んだらしい陸《りく》が、すかさずオレと調布さんの会話に割り込んできた。

待て、庇《かば》ってくれるな陸！　そのやり口はますます火に油を注ぎかねない……！

追撃がくる、と思って身構えたオレだったが――しかし。

調布さんは、くすっとお淑《しと》やかに笑うと、横目で陸を見ながら悪戯《いたずら》っぽく言う。

「ええ、陸さんはとても素敵な殿方だと思っていますよ」

「おおぅ!?　こりゃマジで脈アリだったりする!?」

「失礼、貴方の剛毅なお仕事ぶりについては、非常に好感を持っています。……そう、つまりビジネスパーソンとして素敵に思っている、という意味ですよ？」

「がはは！　相変わらずバッサリ切りやがるなぁ！」

大声で笑い飛ばす陸の声で、一瞬緊迫した空気は元の和やかなものへと戻った。

くっ……。

陸の心意気に免じてなかったことにしてやる、ってところかよ。

まんまとしてやられた自分の不甲斐《ふがい》なさに歯噛《が》みしながら、オレは会話を続ける他の面々から離れるようにして顔を背けた。

×　×　×

しばらくして——。

「……さて、そろそろ仕事に戻りませんと。トップがサボっていては、部下に怒られてしまいます」

くすり、と階段下で働き続ける部下に目をやりながらそう言う調布さん。

「プライベートなお話でしたら、また改めてお茶でも飲みながらにいたしましょう」

「わーい！　ぜひお茶飲みしましょうっ！」

「がはは、俺ぁオシャレな喫茶店よか焼き肉のが性に合ってるけどなぁ！」

「……またいつもの店で。乃栄《のえ》さん」

「ええ。それではみなさん、ご機嫌よう」

ゆるり、と深く腰を折って、調布《ちょうふ》さんはみんなから背を向ける。

そして、こつん、こつん、と勾配《こうばい》のきつい階段をゆっくりと下り、オレのいる段にまでやってきた。

オレはせめてもの挽回として、軽く頭を下げた。

「……先ほどは申し訳ありませんでした。いずれ、きちんとご挨拶《あいさつ》に伺います」

こつん、と調布さんは足を止め、その顔をこちらに向ける。

そして──。


「──真琴《まこと》さんは、あまり本調子ではないご様子ですね」

「……っ」

「理由は存じませんが、貴方はそのような御方ではないはず。ご自分を取り戻されましたら、いずれまた」


再び腰を折ってから、調布さんはゆっくりと階段を下っていった。

オレはその背中を見つめながら、密かにぎゅっと両拳を握りしめる。

——ああ、クソ。

どいつも、こいつも……わかったようなクチ、聞きやがって。

8 Side:環伊那 詐欺師は〝嘘〟をつかない

—神奈川・鎌倉〈大船駅・東口〉—


「うわぁ、こっちは都会だねー！」

北鎌倉を出てから電車で少し。

午後3時を回るくらいの時間に到着した大船の駅は、鎌倉駅とは違っておっきなビルがある東京っぽい駅だった。

「がはは、都会っつっても東京基準だとちと寂しいがなぁ！」

「……雑多な商店街もあるタイプの街並みっぽいかも」

「おー、ほんとだ！」

おっきな駅近くのビルと、その先に雑多なお店が広がってる感じは、ミーの住んでる国分寺の北口側に近いかもしれない。

「だがよぉ、やっぱ『新旧混在』って雰囲気で、まさしく調布《ちょうふ》の独壇場だなぁ」

「……鎌倉は乃栄《のえ》さんが強すぎるかも」

「はぇー、確かにそんな感じするかもなぁ……」

今日またお話しした調布さんは、やっぱりすっごい人だった。だって普通なら違和感を覚えておかしくない、全然違う時代の服をカンペキに『今の時代のもの』として整えていたから。

それはきっと、調布さんが心から古いものが好きで、新しいものも好きで、その好き、、、を掛け合わせていっぱい好き、、、を作ろうとしているからなんだと思う。

だから見方によっては奇抜な格好なのにすごく自然に見えたし、すっごいオシャレだな、って素直に思えたんだ。

そして、そんな調布さんが作ろうとする街は、きっと『古くて新しいのに自然な、調布さんにしか作れない街』になるんだろうな。

でも、だからこそ――。

「そんな人が〝友達《なかま》〟になってくれたら、すっごい頼りになるよねっ、成《せい》くん！」

「……」

「成くん？」

「……ン、ああ。そうだな」

ぼーっとした顔の成くんが、どこか上の空な反応を返してきた。

ミーは昨日までの成くんを思い出して、またちょっと心配になる。

さっき調布さんと別れる時に何か言われてたみたいだけど……もしかして、そのせいなのかな……？

何があったのか聞いてみようかな――と、思った時。

「――わっ、アクマちゃん登場だ！」

「うわぁっ⁉」

ばぁ！　とミーたちの輪に飛び込んでくる人影。

びっくりして飛び退《の》きながらその姿を見ると、宣言通りアクマちゃんが「にしし」と笑いながらドーンと立っていた。

「『だーれだ！』は、いい加減マンネリだから正面から登場してみたぜぃ。驚いたしょや？」

「お、おおぅ……確かに、どきどきしてるよ……」

ミーと同じく目をパチパチさせながら「がはは……」と苦笑している陸《りく》くんと、さっ、と勢いよくその背中に隠れた京《きょう》ちゃん。

そしてすごく不機嫌そうな顔になった成くんが、アクマちゃんに向かって話しかける。

「趣味がわりーな、アンタ。わざわざ尾行してきやがるなんてよ」

「まさかまさか。昨日も言ったじゃんか、ツーリングだって」

ほら、と先ほどから片手に持っていた鳩のマークのお土産物袋を掲げて見せてくる。格好も昨日と同じライダースーツみたいだ。

「こちらとら北海道の田舎モンだからねー。珍しいものいっぱいでテンション上がっちゃうぜ」

「白々しい。フツーに観光してて2回も、しかも別の場所で遭遇するなんて偶然、あるワケねーだろうが」

「やだなぁ、誰もフツーに観光だけをしてるなんて言ってないしょや」

アクマちゃんはその一言だけをやけに強調して、いたずらっぽく笑う。

「まぁ確かに、きっと次の日は鎌倉方面に行くんだろうな、って思ったから、また偶然会えたらおもろいかなー、とは思ってたよ。でも別に、ずーっと後を追っかけてたワケじゃないから、尾行してたわけではないねぇ」

「ハ、それじゃあ何か？　オレらがこの時間に大船《ここ》に来ることを未来予知でもしたってのか？」

「いやいや、ただの予想だよ予想。効率厨の7番クンのことだから、湘南から鎌倉方面にぐるっと反時計回りに回るつもりだろうな、ってアタリをつけただけ。したっけ、こっちは時計回りで回ってけばそのうちどこかでぶち当たるでしょ？」

ちっ、と舌打ちする成《せい》くん。

アクマちゃんは愉快そうにけらけら笑ってから言う。

「そもそも、会えなきゃ会えないでも別によかったしー。だって別に、キ、ミ、ら、に大事な用事があるわけじゃないもん。そしていちばん大事なのは、お土産選びだ！」

ばっ、と両手を広げて高らかに宣言するアクマちゃんを、成くんはぎろりと睨《にら》みつける。

成くん……なんかすっごい、怒ってる……？

アクマちゃんは「おおコワ」と、おどけた様子を見せて。

「なんだいなんだい、7番クン。そんなにアクマちゃんにビックリさせられちゃったのが腹立つのかい？」

「んなわけねーだろ。こんなコトもあり得るだろうなんてのは、昨日アンタと出くわした時点で想定済みだ」

「ははっ、そりゃーすごい！　キミも未来予知能力者じゃん！」

猫みたいな目を細めて笑ったアクマちゃんは、楽しげに言う。

「んー、でもだとしたら不思議だぞ？　これが予想通りだとしたら、どうしてキミは、そ、ん、な、に怒ってるのかなー？」

「えっ……」

その言葉に驚いたのはミーだった。

だってミーも、まったくおんなじことを思っていたから。

「……、ハッ。不審者にストーカーされて怒らねーヤツがいたら見てみたいもんだ」

成《せい》くんは一瞬虚をつかれたように言葉を詰まらせたけど、すぐにいつもの皮肉で返す。

ううん、でも——。

「——詐欺師は〝嘘〟をつかない」


ピシリ——。

ガラスに針を打ち付けるような言葉が、アクマちゃんの口から飛び出てきた。

「確かに怒りの半分は、ウチをうざーって思ってるからだと思うけどさ。でもキミ、もう半分は違うでしょや？」

「……なんの、ことだ」

成くんはその顔をピキリと硬直させて、でもすぐに元の怒りの表情を作って言った。

アクマちゃんはハッキリとは答えずに。

「無関係な半分までウチに八つ当たりすんな、ってことさ。そっちは自分で解決したまえよ」

その言葉に、成くんはザクリと心を抉《えぐ》られたような顔になった。

「テ、メ、エ……」

「おお、こわこわ」

「せ、成くん……！」

このままはよくない、と思ってミーは会話に割って入ろうとする。

アクマちゃんの言うもう半分っていうのは、ミーにもなんとなくわかる。

だからこれ以上そこを刺激してしまうと、きっと成くんを傷つけてしまう。

それだけはミーが止めなくちゃと思って、口を開こうとした時——。


「でもな、7番クン。そのもう半分を、あんまり怒りに転嫁しない方がいいと思うよ？」

え——。

「だってそれは——キ、ミ、の、ハ、ッ、ピ、ー、か、ら、遠、ざ、か、る、選、択でしょや」


ねえ？　と。

アクマちゃんから急に同意を求められて、ミーは心の底から驚いた。

あ、あれ……？

もしかして――。

「……アクマちゃん、って」

、、、、ミーと同じことを思って、そう言ったのかい……？

「うひひ、気づいたかい天使チャン」

ミーの心の声がそのまま聞こえたように、アクマちゃんは笑った。

「ウチは人間ってやつがどういう生き物なのかよく知ってる。なので、人が何を考えてどんなことをするか、なんとなーくわかっちゃうワケ」

つまりエスパー美少女アクマちゃんってワケ！　とか日曜朝の女の子向けアニメみたいなかわいいポーズを決めて、アクマちゃんは舌をぺろっ、と出した。

「まぁ当然、漫画だアニメだに出てくるチョーノーリョク的なパワーじゃないけどねー。でも、ま、それなりに便利なんじゃん？」

なんせ、と。

「ウ、ウチの考えに共感してくれる人を探しやすくなるからねぇ。おかげさまで、こうしてこのバッジをゲットできたワケだし」

言いながらアクマちゃんは、ちら、とジャケットの首元につけられた育英生バッジを見せてきて、成《せい》くんがハッとした顔になる。

「まさかアンタ、口先だけで元6位を……！」

「ぴんぽんぴんぽんだいせーかーい！」

パチパチパチ、と手を叩《たた》き、にっ、と八重歯を覗《のぞ》かせて笑う。

「ショージキ、ウチはビジネスとかそういうのゼンゼン興味なくってさ。マトモにガッコー出てないから、難しいコトはよくわかんねーし」

育ちが悪いもんで、とアクマちゃんはフラットな声のまま続ける。

「それなら、できる人にぽーいって任せちゃった方が楽だしゴーリテキってヤツっしょや？」

「それであの〈俊速のハゲタカ〉を誑《たぶら》かしたってワケかよ……！」

以前成くんに聞いた話だと、元6位の人は〈俊速のハゲタカ〉って呼ばれる投資ふぁんど？業界のすごい人だったらしい。なんでも、すっごく広い情報網を持った株式投資のプロで、となんでもなくお金を持ってる人なんだとか。

そんな成くんの返しに、アクマちゃんはムッとした顔になって言う。

「誑《たぶら》かして取り込んだってのは聞こえが悪いぞー。ちゃんとオハナシして、ウチの考えを深あーくわかってもらって、しっかり納得の上で、こういう形になっただけのハナシなんだが？」

アクマちゃんはミーたちと成《せい》くんを見て。

「てかそれ、キミたちとなーんも違わないでしょや？」

ぐ、と成くんは黙り込んでしまう。

……確かに、アクマちゃんの言う通り、ミーと成くんだっておんなじだ。

お互いにお互いを認め合って、協力して頑張ろうって契約《やくそく》をした。みんなの『win-win《ハッピー》』を目指す〝ビジネスパートナー〟になったんだ。

だからアクマちゃんの言ってることは、全然間違っていない。

少なくともミーには、アクマちゃんが嘘を言っているようには思えなかった。

アクマちゃんは「おっと」と口元を押さえると、てへ、と再び舌をぺろりと出す。

「ついつい楽しくて喋《しゃべ》りすぎちゃった。そろそろ帰らないと道混みそうだし、邪魔者のウチはこれにて退散といきますか」

したっけねー、と振り返って歩き始めるアクマちゃん。

——。

でも、ただ——。

「――アクマちゃん！」

ミーは、去っていく背中に声をかけて呼び止める。

「んー？　なんだい？」

顔だけ振り返るアクマちゃんの目を見て、ミーはきゅっと右手の拳を握る。

――一つだけ。

一つだけ、気になるところがあった。

「アクマちゃんはさ――」

さっきアクマちゃんは、成くんのことを考えてくれた。

言い方はちょっとあれかもだけど、そのままじゃダメだよ、って止めようとしてくれた。

成くんにハッピーになってほしいと思って言ってくれたあの言葉は、絶対に本心なんだ、って、そう思ってる。

でも――。

「みんなで、ハッピーな〝世界〟が……一番、いいことだよね？」

どうしてか、ミーは。

そう改めて聞かないと、いられなかった。

「――」

無言で体ごと向き直ったアクマちゃんは、ミーの目をじっと見返してくる。

そしてその猫の目のような瞳を細め、ニィッ――と。

いつになく楽しそうに、笑って。

「何言ってるんだい、天使チャン。

――みんなが、ハッピーでいられる〝世界〟が、サイコーだよ」

そう言い残し、今度こそ完全に背を向けて去っていった。

9 Side:真琴成　本気の決意

―神奈川・江の島〈とびっちゃ本店〉―

ごちそうさまでした！　と。

パン、と元気よく両手を合わせる環《たまき》の声が、耳に届く。

海鮮丼の店から見える外は、既に真っ暗。まださほど遅い時間ではないものの、今から車で帰れば家に帰り着くのは深夜か。

オレは環がお手洗いに行っている隙に会計を済ませ、陸《りく》たちに「先に車取ってくる。店の前で待っててくれ」と声をかけ、先んじて店を出た。

おそらく環がその場にいたら「みんなで一緒に行こうよ！」と言ってきたことだろう。そうさせないための行動だった。

少しだけ、一人になりたかったからだ。

「……」

オレはこの時間でも人だかりのできている江の島の入り口とは逆方向、最奥にある駐車場へと歩き始める。

時折吹く潮風は、肌にまとわりつくような湿気を帯びていて、気持ちが悪い。

ぼんやりと歩きながら、ここ最近、色んなヤツらに言われた言葉を思い出す。

『真琴《まこと》さんは、あまり本調子ではない様子ですね』

――本調子じゃないわけがあるか。

むしろ誰よりもオレは、本腰を入れて課題に取り組もうとしている。

他の連中はみんな〝世界〟の壁の厚さを知らないから、そこまで余裕でいられるだけだ。

『だけど、ちょーっとまだ、あたしの無意識にはビビッとこないかな。

そしてどうやら、その原因は君の方にあるらしい――真琴君』

残念だがその直感はハズレの方だ、奏《かなで》さん。

必ずアンタが納得するような、完璧な戦略《プラン》を用意して見せてやる。

そのためにオレは――今まで、コンサルとしての実績を積み上げてきたんだから。

『コンサルなどというのは詐欺師の所業だ。恥を知れ』

「……チッ」

ぎり、と歯を食いしばる。

――いいだろう。

コンサルタントを詐欺師《さぎ》だなんだと蔑《さげす》みたければ、好きにすればいい。

そうやって見下した〝詐欺師《コンサルタント》〟が成し遂げる〝ビジネス〟がどれほどのものかってこと。

それを教えてやる。

『詐欺師は〝嘘〟をつかない』

ああ、いちいち癪《しゃく》に障《さわ》る唯村《ただむら》だが、そこだけは同意しよう。

「……オレは嘘《うそ》をつかねー。

必ずお前に――〝世界〟と戦える本物の事業戦略《ビジネスプラン》を、見せてやる」

新月の空には、たくさんの星々がギラギラと輝いていた。

1 Interlude 経過報告

以後、成《せい》たちの出張旅行はつつがなく終了した。

日を改めて向かったつくば市・習志野市も合わせ、全ての候補都市の特色を把握し、いよいよ本格的な課題対策に着手することになる。

ひとまず成は、陸《りく》・京《きょう》に〈おおくにぬし〉の入力データについての詳細な確認、出力結果の処理方法など、システム全体の把握を依頼。

並行して他の育英生――〈BIG《ビッグ》・7《セブン》〉たちに関する調査を始めた。

当初から成の目的は〈BIG・7〉ナンバー・1、〈九十九弥彦《つくもやひこ》〉率いる〈現体制派〉に匹敵する対抗勢力を築き上げ、独力ではなく同盟によって、九十九グループに打ち勝てるだけの都市計画を作り上げることである。

必然、力を入れるべきは、九十九グループを除く〈BIG・7〉の調査であり、彼らをいかにして説得し、自陣営に引き込むかが戦略の要であった。

しかし、ナンバー・6〈唯村阿久麻《ただむらあくま》〉の行動は予測不能なものばかりで、同盟に引き入れるにはあまりにリスキーである。

また、ナンバー・3、ナンバー・4の両者は表立った動きが見られず、今回の課題における戦略はおろか、九十九グループとの関係すら掴《つか》めないほど情報の秘匿《ひとく》が徹底されていた。

結果的に、成たちが組むべき候補者は、ナンバー・2〈奏晶《かなであきら》〉と、ナンバー・5〈調布乃栄《ちょうふのえ》〉の2名に絞られることになる。

〈BIG・7〉7名中3名の同盟。人数的には決して多くないが、会社規模で九十九に匹敵する奏と、都市計画に最も習熟した調布との連合であれば、勝機は十二分にあるだろう。

そう判断した成は、その二人を説き伏せられるだけの説得力があり、三者いずれもが『win-win』となるような事業戦略《ビジネスプラン》を作り上げるべく、行動を開始した。


――そうして時は流れ、1か月後。

本格的な梅雨入りが発表され、しばらく経った7月の初頭。

ついに成は、完璧な戦略を練り上げ、仲間たちに披露《ひろう》する運びとなる。

2 Side:環伊那 必勝の事業戦略《ビジネスプラン》

―東京・六本木〈六本木ヒルズレジデンスE2026〉―

「――えるえるぴー？」

聞き馴染《なじ》みのない言葉に、ミーははてなと首を傾《かし》げた。

今は午後1時。

戦略《プラン》が決まった、って連絡を受けたミーと陸《りく》くん・京《きょう》ちゃんの3人は、こうして成《せい》くんの家に集まってその説明を聞いていた。

「ＬＬＰ――確か『有限責任事業組合』の略だっけか？　たまぁに法律事務所だの研究機関だのが作ったりしてるヤツ？」

ソファにどっかり座り、配られた資料の束を見ていた陸くんがそう言った。

成くんはこくりと頷《うなず》く。

「基本的に弁護士だの会計士だの、士業って言われる専門家集団だったり、起業家たちが共同プロジェクトを立ち上げたりする時なんかに作られることが多い組織形態だ。税制面で優遇されたり、利益分配やら責任分担の柔軟性やらが高いのがメリットでな。なんならウチの会社も元はＬＬＰからスタートしてる」

規模が拡大したから株式会社化したが、と続ける成くん。

「……ＬＬＰって個人事業主同士が組む時に使うイメージだけど。会社同士ってどうなの？」

すると、陸くんの隣で抹茶ラテを飲んでいた京ちゃんがそう尋ねた。

「法人同士でも、個人と法人が混ざってても問題ねー。研究開発分野じゃ、大学教授と企業が組んでやってたりする」

成くんは自分の資料が表示されているタブレットを見ながら答える。

「部分的に協業しよう、ってんなら契約書をばら撒《ま》きゃいいだけの話だが、複数の会社と包括的に組むとしたらＬＬＰにしちまった方が何かと楽だし便利だ。ただＬＬＰはあくまで組合だから、法人格は取れねーが――」

そこで成くんは、ふっ、と笑って。

「今回は、逆にそれがプラスに働く」

「……？？？　え、どういうことかい……？」

「ああ、そっか」

すると、ぽん、と納得したように京ちゃんが手を叩《たた》いた。

「『課題達成を目的とする新法人の設立禁止』って規定があったから、それで」

成くんは「その通りだ」と満足げに頷いて続ける。

「会社じゃないＬＬＰなら大手を振って同盟が組める、ってワケだ」

制度の抜け穴だな、と心なしか浮かれた声で言う成《せい》くん。

「念のためWBFにも問い合わせたが『問題なし』ってコトだ。組織形態の草案もウチの会社のスタッフでいくつかのパターンで作ってる。奏《かなで》さん、調布《ちょうふ》さんとこの座組みが作れちまえば、まさしく九十九《つくも》グループにも匹敵する規模の大同盟に——」

「でもよぉ」

と、そこで難しそうな顔をした陸《りく》くんが声を上げた。

「税制が優遇されるだの利益供与が簡単だの、その程度のメリットでよぉ。あの二人が話に乗ってくると思うかよ？」

「……確かに」

渋い顔で、京《きょう》ちゃんも同意する。

「そもそも、二人とも開発対象に選ぶ都市が違うって話じゃねぇか。なのに同盟組んで協力するメリットとかあんのかぁ？」

「……奏さんは甲府、乃栄《のえ》さんは鎌倉だよね」

あ、やっぱりそうなんだ……。

どちらとも、出張の時に出会った場所だ。やっぱりミーたちみたいに、お仕事で街を見に来てたってことなんだろう。

二人の疑問に、成くんは平然とした顔のままコーヒーをぐびっ、と一気に飲みこんだ。

「無論、そんなことは承知の上だ。そもそも、このLLP案だけじゃ、オレたちが提供できるモノがなさすぎる。まるで『win-win』の構図になってねー」

カップを置いた成くんは、自分のタブレットをすいすいとフリックしながら言う。

「だがな。ウチの情報網を駆使して調査したところ、〈SHINE〉《奏さん》は社内稟議《りんぎ》の段階で甲府と鎌倉どっちがいいかで意見が割れてて、その調整に難儀してる。〈西京エタニア〉《調布さん》は一見盤石に見えるが、土木工事と住宅コストの見積もりが甘くてコストを詰め切れてねー」

「げっ。モロの社外秘情報《トップシークレット》じゃねぇか！」

「……成ってたまに謎の情報収集力発揮するから怖い」

「ハン。コンサルの人脈《コネ》を舐《な》めんな。凄腕が何人かいるんだよ」

夜の街だと途端に口が軽くなる重役ってのは必ずいるからな、と呆《あき》れた顔で言う成くん。

あ、たぶんその一人は銀ちゃんママだ……。

そういえば確かに、ミーが〈六本木Garden〉で働いてた時にも、「これは絶対内緒だけどね」って色々教えてくれる年配のお客さんがたくさんいたような気がします……。

成くんは陸くん京ちゃんの方を見て言う。

「土木工事に住宅設計はお前らの専門領域だ。そこのノウハウを提供するって話が出せりゃ、〈西京エタニア〉《調布さん》にとっても悪い話じゃないはずだ」

「そりゃまぁ……」「そうだけど……」

「〈SHINE《奏さん》〉からすりゃ、〈西京エタニア《調布さん》〉と組んだことで鎌倉の都市計画をそっちに投げることができて社内対立をまとめることができるだろう。そんで〈西京エタニア《調布さん》〉は常から〈SHINE《奏さん》〉の最新テクノロジー製品やITソリューションを活用してるから、LLP化でそれをさらに利用しやすくなる――と、これで三方勝者の『win-win-win』だ」

成《せい》くんは得意げな表情でミーたちを見る。

「何より、この同盟が組めれば、一気に2都市の都市計画を提案できる。ただでさえ難しい都市計画を、二つ分だぞ」

ごくり、とミーは唾《つば》を飲み込んだ。

「その功績のデカさは、確実に他の育英生を凌駕《りょうが》する。提案の完成度によっちゃ、九十九《つくも》グループにだって勝ちの目が見える」

「「…………」」

「これがオレの考えた今回の事業戦略《ビジネスプラン》だ。――異論はあるかよ？」

そう言って、成くんはぐるりとミーたちを見回した。

お手上げのポーズで両手を上げる陸《りく》くんと、やれやれ、って顔で首を横に振る京《きょう》ちゃん。

じっと黙って聞いていたミーは、ぐっ、と膝《ひざ》の上に置いた拳を握りしめる。

――しょーじきミーには、今までのビジネスのお話はちんぷんかんぷんだったけど。

でもあの成くんが、丸々1か月もかけて必死に考えた戦略《プラン》だ。それがすっごいものなんだってこと自体は、何も疑っていない。

そして、たぶん――。

ミーのお仕事は、ここから、だ。

「そしてこの戦略《プラン》。実際に、あの曲者《くせもの》二人に売り込みにいくのが――」

ミーはピシッ、と背を伸ばす。

成くんはゆっくりこちらを向くと、その海の色をした瞳に、深い信頼の色を携えて。

「環《たまき》。アンタの、仕事《ビジネス》だ」

「――はいっ！」

3 Side:真琴成 〝世界〟レベルの経営者《ビジネスパーソン》

―東京・品川〈SHINE《シャイン》本社ビル・前〉―

時は経ち、3日後の14時45分。

オレと環《たまき》は、早速例の商談のため、〈SHINE《シャイン》〉本社のある品川までやってきた。

奏《かなで》さんは普段から全国各地を飛び回ってることが多く、一昨日までは仙台、昨日は北海道と、むしろ本社にいるタイミングの方が少ない。

そんな中、直近で唯一アポが取れたのが今日だ。だがこの後は熊本に飛ぶ予定があるとかで、約束《アポ》の時間は15時からの僅《わず》か15分だけ。

つまりは、その短時間で商談を成功させなければならない、ということだ。


「すっごい、全部ガラス張りのビルだ……！」

オレの隣で本社ビルを見上げながら、半開きの口で「はぇー」とか言っている環。

宇室《うむろ》の時の経験があるからか、緊張した様子がないのは頼もしい限りだが……。

「……で、資料《カンペ》はちゃんと覚えてきたかよ？」

「もちろんちゃんと覚えました！　……はず、です……」

しょーじき難しくてあんまり自信がないです……としょぼくれた顔をする環。

オレは、はぁ、と小さくため息をついてから言う。

「まぁ、大丈夫だ。今回はオレも同行する。知識的な面はサポートすっから、アンタはとにかく奏さん本人を口説き落とすことに集中しろ」

「はい、わかりました！」

「理屈としちゃ宇室《まえ》の時と同じだ。アンタは奏さんに最も届きやすい言葉を、的確なタイミングで言ってくれればそれでいい」

ただ合理的なビジネスロジックだけなら、あの時の宇室は動かなかっただろう。

特に今回の相手は奏晶《あきら》だ。ロジックよりもよっぽど、環の直接的な言葉の方が響くはずだ。

「ただ……」

「？」

「くれぐれも、食われるなよ。今までの奏《あ》さん《の人》とは別人だと思え」

「……っ！　気をつけます……！」

ごくり、と唾《つば》を飲み込み、キッと強い意思を眼に宿す環。

オレはこくりと頷《うなず》いてから時計を確認し、ネクタイを締め直す。

「……よし。そろそろ行くぞ」

「はいっ！　……あ、やっぱり待って！」

足を踏み出そうとしていたオレは、急に静止させられて思わずつんのめりそうになる。

「……おいコラ、突然なんだ」

「気合いを入れましょう！」

「アン……？」

はい！　と右手を差し出してくる環《たまき》。

ハイタッチでもすんのかと思ったら、右手のひらは地面の方を向いていて、どうやらそういう感じでもなさそうだ。

オレが意図を測りかねていると、顔を上げた環が言う。

「えいえいおー！　だよ！　運動会とか、部活の大会前によくやるやつ！」

「……、ハ？」

「あっ、知らないかい？」

「イヤ、そりゃ一応知ってはいるが……」

……ここでそんなもんやんのか？　リーマンだらけの、この品川のど真ん中で……？

「ほらほら、行きますよー」

「ちょっ、バカ、引っ張るな！」

周りの目なんてまるで気にしてない環が、左手でオレの右腕を掴《つか》んで自らの右手の甲に重ね、そのまま「えいっ！　えいっ！」と叫び始めた。

お、オイ！　ちょっと待てなんだ、どうすんのが正解だコレ!?

戸惑ったままのオレを差し置いて、環はすーっと息を大きく吸ってから、バッ、と天高く右手を掲げ。

「お――――――――っ!!」

「お、おー……？」

勢いに飲まれたオレは、思わず環に合わせて右手を挙げてしまった。

「よーしっ、気合い入ったね！　バッチリ行くよーっ！」

「……………」

周りのリーマンたちの視線がグサグサ刺さっている。

「ぷっ、新入社員かよ」「おーおー、美人の先輩社員に緊張をほぐしてもらってんのか」「新人は恥かいてなんぼだからなぁ」「若いっていいよな……俺もあの頃は」

逆だチクショウ！　そっちのアホが世間知らずの恥知らずなんだよ！

「成《せい》くーん？」

諸悪の根源は「行かないの？」とかいう顔でオレを見ている。

オレは変な汗を乾かすようにパタパタと顔を扇《あお》いでからボソリと言う。

「……さっきの景気づけの昼飯代《ウナギ》、全額アンタの会社の経費だ」

「はぇ!?　按分《ワリカン》って話はどこへ!?」

「うっせーアホ、とっとと行くぞ！」

「あっ、まっ、待ってー！」

×　×　×

―東京・品川〈SHINE《シャイン》本社ビル・社長室〉―

「――やぁ。いらっしゃい二人とも」


最上階。全面ガラス張りの社長室。

天空の只中にあるような開放感のあるその空間で、まるで空を飛ぶように軽やかな身なりで窓べりに立つ奏《かなで》さんがいた。

環《たまき》は教えた通りにピシリと背を伸ばし、45度の角度で頭を下げた。

「奏社長。本日はお忙しいところ、お時間をとっていただき――」

「ああ、いいよいいよそういうのは。君とあたしの仲じゃないか」

お辞儀の途中で目をパチパチさせる環に「ね？」とウインクを飛ばす奏さん。

環がちらっとオレの方に目を向けてきたので、オレはＯＫの意味を込めて頷《うなず》く。

「……じゃあ、いつも通りにします！　奏さん、すっごい忙しいのに今日は会ってくれてありがとうございます！」

「うん、それがいい」

爽《さわ》やかにそう言って、奏さんはオレの方を見た。

「さて、時間も少ない。さくっと本題にいっちゃおうか——なんでも、今日はおいしい話ってのがあるんだって？」

「……ええ。貴方にとっても、とても刺激《メリット》のあるお話になるかと」

「はは、それはいいね」

奏さんはにこっと笑ってから、社長席の椅子に腰を下ろす。

それからおもむろに、すっ、と目を閉じた。

「ということは、だ——」

そして——。

「これが、しかるべき場所、しかるべき時——と、そう解釈しようか」

その透明な瞳に〝世界企業〟の経営者《しゃちょう》としての重みを宿らせて。

吹き飛ばされそうになるほどの圧力で、オレたちを直視してきた。

ハッ……マジかよ。

じわり、と背中に汗が滲《にじ》むのを感じる。

——元々、顔見知りではあったし、何度か仕事を受けたこともあった。

だがいずれも子会社絡みのコンサル案件のみで、こうして本人と真っ向から商談をするのは、これが初めてだ。

飄々《ひょうひょう》として掴《つか》みどころがなく、年相応の大学生のような、お気楽な彼女。

そんな普段の姿はすっかりと鳴りを潜《ひそ》め、今、僅《わず》か数メートル先に座しているのは、まさしく10万人の従業員を束ねる『女王』。

これが——。

まさしく、これが。

〝世界〟クラスの——経営者《ビジネスパーソン》だ。


「じゃあ話を聞こうか」

「——……」

「……環《たまき》」

「……あっ！　は、はいっ」

奏《かなで》さんの圧に当てられたか、流石《さすが》の環も声が上擦《うわず》っていた。

……やっぱりいきなりコレには食われるか。

オレは急いでバッグから今日の資料を取り出し、環の視線を遮《さえぎ》るようにして奏さんの前へと歩み出る。

「それでは、こちらが資料になります」

「なんだ、わざわざ紙でも用意してくれたんだ。なら資源を無駄にしないためにも、そっちを見ることにしようか」

奏さんは手に持ったタブレットを横に置き「ああ、君たちも座ってくれていいからね」と正面の来客用ソファへと着席を促してくれた。

オレは礼を言ってテーブルに資料を置き、くるりと振り返って環の真正面から戻っていく。

そして、ぼーっとしたままの環と目が合った時。

――大丈夫だ。アンタなら、うまくやれる。

そんな意図を込め、力強く笑って、見せた。

「……！」

それでハッと我に返った顔になった環は、ぐっ、と手を握った後、パンパン、と自分の頬《ほお》を両手で叩《たた》く。

そしていつもの顔で、にこっ、と笑って返してきた。

……よし、ちゃんと戻ったな。

そしてオレたちは言われるがまま、部屋の中央に置かれたソファに腰を下ろす。

——さて。

このオレでさえ数えるほどしかない、超一流のビジネスパーソンとの知恵比べ。

さぁ——。

商談《たたかい》を、始めるぞ。

×　×　×

「——っていうのが、ミーたちの提案ですっ」

最後まで言い切って、ふぅっ、と安堵《あんど》の息を吐く環《たまき》。

社屋に入る前に漏らしていた不安を感じさせないほど、環のプレゼンはよくできていた。

聞きやすい声量、耳馴染《なじ》みのいい平易な言葉、聞いてる側まで楽しくなるような話しぶり。

おそらく宇室の時同様、数え切れないくらい練習を繰り返したんだろう。仕上がりとしては、完璧といっていい出来だった。

──やっぱり、営業の才能があるな、環は。

奏《かなで》さんは資料を置いてコクリと頷《うなず》く。

「説明ありがとう、環君。なんというか、君の声は聞いていて気持ちがいいな。南国の風みたいな心地よさだ」

「え、えへへ……ありがとうございますっ」

同じ感想を抱《いだ》いたのか、柔らかな相貌《そうぼう》で言う奏さん。

よし──感触は悪くない。

環のプレゼンの評価は上々。内容自体にも興味を持って聞き入っていたように見えたし、懸念点への質問は都度オレが代わりに答えて潰《つぶ》してある。

「このプランは君が考えたのかな？　真琴《まこと》君」

ふと、オレの方に話題が向いたので、頷いて答える。

「ええ、ベースは私が。それぞれの数字は弊社のメンバーに任せて出したものなので、信頼性は高いかと」

「うん。よくできた、いいプランだ。ちゃんと誰にも損がないように考えられてるね」

うんうん、と得心がいったように頷く奏さん。

よしっ……いいぞ、好感触だ！

環が嬉しそうな顔でパッとオレの方を見たので、オレは頷いて答える。

きっとこれなら――。

「そうしたら、ここからはあたしの〝直感〟の話をしよう」

――！

その言葉に、オレはぎょっとする。

「このプランはよくできている。だけど、それだけしか感じないんだな」

ハ――。

どういう意味ですか、とオレが聞き返す前に、環《たまき》が口を開く。

「えっ、それじゃダメなんですか!?」

「はは、ダメなんて言ってないよ。単純にビジネスとして考えれば、魅力的な提案だとも」

真っ当な社長なら二つ返事でＯＫするだろうね、と続ける奏《かなで》さん。

「だが残念ながら、あたしは真っ当な社長じゃない。なんとなーくだけど、もやっとするんだよねー」

「……他にも懸念点があれば、お答えしますが？」

流れが悪いと感じたオレは、すかさずそう告げる。

奏さんはじっ、とオレの顔を見た後に答える。

「いつもの直感だから言葉にするのは難しいんだけど……芯がよくわからないんだよね」

「芯……ですか？」

「そう、ど真ん中。そもそもこれは『いったいなんのためにやるプラン』なのさ？」

ハ？

なんのために……？

「……それは環がお伝えした通りだと思うんですが？」

「んー、そういうことじゃないんだよね」

「全員に損のない『win-win』のプランですよ？　これ以上に何が必要でしょうか」

「あぁ、それだ」

ぽん、と手を叩《たた》き、奏さんが言う。

「それが何かおかしい。ビジネス上の『win-win』が、なんでか芯とズレてるように思うのが気になるのかもしれない」

……？

それは、いったいどういう……？

「ええっと……なんとなく中と外がチグハグに見えてる……って感じですか？」

「そうそう、そんな感じ」

まるで発言の意図を理解できないオレに代わり、環《たまき》がそう尋ねる。

……ここは、同じ直感型の環に任せた方がいいかもしれねー。

オレは黙って様子を見守ることにする。

「でもでも、ミーたちはみんながハッピーになれればいいな、って本当に思ってますよ！　それがミーたちの〝ビジネス〟なんです！」

「うーん……わかるんだけど、そういうことじゃない気もするんだよね」

「ミーが誓います！　絶対！　間違いないって！」

ずいずいっ、と負けじと言葉を返す環。

はは、と奏《かなで》さんは困ったように笑って言う。

「うーん……あたしとしては、今はこれ以上はなんとも言い難いんだけど……」

むむむ、と奏さんは腕を組み、考え込む素振りを見せる。

そして、しばらくして――。

「――ま、いいだろう。少なくとも、弊社《ウチ》に悪い話じゃないことは確かだ」

うん、と笑って、奏さんは頷《うなず》いた。

「えっ、ってことは……！」

ぱぁっ、と顔を輝かせる環。

……契約成立……か……？

「細かい話は、乃栄《のえ》のＯＫが出てからみんなでやろっか。本格的な動き出しはそれからだ」

「あ、は、はいっ」

スケジュール調整よろしくねー、と言いながら奏さんは席を立ち、そのまま傍に置かれていたキャリーケースを手に取り歩き始める。

――イヤ、ちょっと待った！

オレは慌てて声をかける。

「奏さん！　せめて念書にだけでもサインを――」

「すまない、もう約束の時間を過ぎてる。急がないと飛行機に乗り遅れちゃうからさ」

資料はもう一度ちゃんと読んでおくね、と。

続けてオレたちが何か言葉をかける前に、奏さんは風のように去っていった。

×　×　×

―東京・品川〈ＳＨＩＮＥ《シャイン》本社ビル・前〉―

「ねぇねぇ成《せい》くん、あれはオッケーってことでいいのかい……？」

ビルを出たオレたちは、いまいち手応えを感じない結果に頭を悩ませていた。

「……まぁ、合意は得られたんだ。そういう意味じゃ、成功ではある」

ただ奏《かなで》さんの怖いところは、例の〝直感〟によるひっくり返しだ。

直前になって「やっぱやめた」なんて風に覆《くつがえ》される可能性がないとは言い切れない。

だからせめて、書面には残しておきたかったんだが……イヤ、あの人の場合は書面があろうがなかろうがやめるときはやめる、か。

オレはふぅ、とネクタイの首元を緩《ゆる》めてから。

「少なくともプラン自体は評価されてたんだ。そこは自信持っていい」

「そうかい……？」

「環《たまき》のプレゼンも悪くなかった。やっぱり営業の才能あるぞ、アンタ」

「えっ……あ、あははっ。そ、そうかなー？」

てれっ、と赤くした頬《ほお》を掻《か》く環。

……とにもかくにも、第一ノルマはクリアとしよう。

次は調布《ちょうふ》さんのところの〈西京《せいきょう》エタニア〉だが――。

「……説得の難易度としちゃ、次の方が上だろうな」

なんせ向こうは、都市計画《ほんもの》の専門家だ。

4 Side:環伊那 幸福の形《ビジョン》

──東京・西新宿〈西京エタニア本社ビル・エレベーターフロア〉──


7月7日金曜日。午後3時ちょっと前。

どうしてか悪天候の日が多い七夕の日は、今年もあいにくの曇り空。

ミーと成くんは、調布さんとの商談のため、西新宿の三角形の形をした本社ビルにやってきて──。

「ほわぁー……！」

エレベーターフロアの、ハイカラな雰囲気に目を奪われていた。

フロア自体は最近行くことの多くなったオフィスビルっぽいモダンなフロアだ。だけど中央に、おっきな笹がドンと置かれている。

そしてその笹の葉には、お願い事の書かれた色とりどりの短冊――。

じゃ、なくて。

「えっ、これ全部スマホかい……!?」

「……イヤ、フレキシブル液晶の薄型サイネージ端末、だな」

近づいてみて仰天するミーたち。

遠目に短冊だと思って見ていたものは、その全てが液晶の画面だった。薄いペラペラの紙みたいなものだけど、目立たないように後ろから細い電源のケーブルが伸びている。

しかもその短冊は、一定時間で色や書かれていることが変わっていくのだ。

電飾のように短冊が七色にキラキラと変わっていくその様子は、まるで夏のクリスマスツリーみたいだった。

「……表示されてんのはtwittarのつぶやきか。おそらく『#七夕ツリー』ってハッシュタグのつぶやきをランダムに引っ張ってきて表示させてんだろーな……」

よく考えたもんだ、と感嘆の声を漏らす成《せい》くん。

「すごいすごい……！　めっちゃハイテク七夕だ……！」

ミーは興奮して思わずそう声を漏らす。

七夕ツリーの周りを取り囲むように配置されているのは、和モダン、って雰囲気の建物が立ち並ぶ街の模型。家々は今っぽいカッコイイ感じなのに、アーケードのついた商店街や空き地の公園みたいな、どこか昭和を感じさせる街並みがそこに溶け込んでいる。

見ただけで、調布《ちょうふ》さんが作ろうとしている〝世界〟がわかる空間。

まさに調布さんのイメージぴったりな『あたらしい、ふるい日本』だ！

「――ふふ、お気に召しましたか？」

――と

突然後ろから声が聞こえて、驚いて振り返る。

「わっ、わっ、えっ、ちょ、調布さん!?」

そこには、この前ＷＢＦで見た時と同じ格好をした調布さんが立っていた。

同じく振り向いた成くんがすぐさまビジネスモードで頭を下げる。

「……これは。社長自らお出迎えいただけるとは、恐縮です」

「いえいえ、お気になさらず」

柔らかな声でそう答え、調布さんはくすりと笑う。

「最近はいつもそうなんですよ。こうしてツリーを前にした皆様の反応を見るのが楽しくて」

ちなみに夜になると天井のスクリーンが天の川になりますよ、と口元を手で隠しながら悪戯《いたずら》っぽく笑う乃栄《のえ》さん。

「ええっ、天井まで……！　あ、そっか！　これならお外のお天気関係なしにちゃんと七夕できるから！」

「ふふふ、その通りです。最高のご感想をありがとうございます、環《たまき》さん」

満足そうにそう言ってから、調布《ちょうふ》さんは切り替えるように、こほん、と喉を鳴らした。

「さて……改めまして、ようこそお越しくださいました。真琴成《まことせい》様、環伊那《いな》様。どうぞ、社長室までご案内いたします」

深々と頭を下げてから、調布さんはすっとエレベーターホールの方に手のひらを向けた。

はっ、そうだ、商談……！

「……雰囲気に呑《の》まれすぎなんだよ、アホ。気ぃ引き締めろ」

「は、はい！　もう大丈夫です！」

小声で成くんに注意されて、ミーはぴしっと背を伸ばす。

そうだ、今日のお仕事は今までで一番難しいんだ……！

×　　×　　×

—東京・西新宿〈西京《せいきょう》エタニア本社ビル・社長室〉—


通された社長室もまた、和洋折衷《せっちゅう》を絵に描いたような部屋だった。

木と塗り壁っぽい素材でできたいかにも和風な作りの壁に、まんまるな形の窓。逆に反対の壁は、コンクリート打ちっぱなしのモダンな作り。

来客用の席は、畳敷きの小上がりに布団のかかっていない掘り炬燵《ごたつ》が置かれていて、反対に社長デスクはパソコンやタブレットなどのハイテクな機械がずらずらっと置かれていた。

「調布社長。こちら、お口に合うかわかりませんがお納めください」

「あら。これはどうも、ご丁寧に」

成くんは来る前に買ってきた菓子折りを渡している。

奏《かなで》さんの時には渡さなかったけど「あの人はそういう格式ばったやりとりは嫌がるからな」と言っていた。なのでこれがビジネスではふつーのやりとりらしい。

「どうぞ、そちらにおかけください」

「失礼します」

「あ、はい！　失礼します！」

ミーたちは靴を脱いで掘り炬燵のテーブルの片側に並んで座り、いつもの和風スーツ姿の調布さんは向かいに腰を下ろした。

それから秘書っぽい人がお茶を持ってきてくれて、話が始まる。

「さて、事前にいただいたお話ですと、ＬＬＰ創設のご提案とのことですが……」

「はいっ！　これが私たちのご提案するプランです！」

ミーがそう言う傍ら、成《せい》くんが奏《かなで》さんに渡した資料と同じものを調布《ちょうふ》さんに渡す。

調布さんは「拝見させていただきます」と言って両手の資料を受け取り、しばらく無言でぺらぺらと資料をめくっていく。

頃合いを見て、ミーは奏さんの時と同じように話し始めた。

×　×　×

「――という感じで、まさに全員にとってメリットのある、『win-win-win』の提案だと思っています っ！」

「……なるほど」

ミーが語り終えたところで、調布さんはこくりと頷《うなず》いた。

よし、今回はちゃんと成くんの力を借りずにやりきれたっ！

前回よりもスラスラ話せた実感もあるし、調布さんは終始真剣に話を聞いてくれていた。

きっと、これなら今回も……！

ミーがそう思って小さくガッツポーズを取ると、調布さんはしばらく黙って見つめていた資料を、ぱさり、とテーブルに置いた。

「──結論を申し上げます」

そして──。

「申し訳ありませんが、この条件ではお受けできかねます」

──、え？

「……だ、ダメってことですか⁉」

「ええ、左様です」

「どうしてですかっ⁉」

その答えが予想外で、思わずミーは身を乗り出してそう尋ねた。

調布さんは「そう興奮なさらずに」と柔らかくミーを制して、ゆっくり語り始めた。

「理由は二つございます。まず、弊社《わたくしども》への利益分配が少なすぎる点。ご提案いただいたプランでは等分割ということですが……役務の内容を見る限り、弊社の提供するリソースと到底見合いません」

「……弊社《M&C》による実際の都市計画現場における調査データから、不動産売買や自治体との折衝ノウハウのご提供だと妥当な範囲だと思い算出させていただいたのですが」

すかさず成《せい》くんが補足をするように言う。

「いいえ、真琴《まこと》さん」

だけど、それをぴしゃりと切るように、調布《ちょうふ》さんは言う。

「お忘れですか。これは〈おおくにぬし〉を利用したシミュレーション課題なのですよ。実際の都市開発とは違います」

「……」

「特に我々の提供するノウハウは、数値化の難しい領域です。特に土地買収計画は、地域性や住民の方それぞれの特性によって大きく異なります。それを数値化して〈おおくにぬし〉に入力できる情報《かたち》に直すのに多大な労力がかかります」

そもそも我々はそのために鎌倉に赴《けんち》いたのですからね、と続ける調布さん。

「その辺りの難しさは、実際に〈おおくにぬし〉を触ってみればおわかりになるはず。きちんとお調べになりましたか？」

「無論、把握はしております」

成くんはハッキリそう答えた。

調布さんは「そうですか」と相槌《あいづち》を返してから言う。

「それをもう一都市、甲府市においても実施するとなると、単純に倍の労力《コスト》がかかります。ですので、そうですね……」

調布さんは少しだけ考え込むように口元を手で覆うと。

「全体利益の半分。それでギリギリ、といったところでしょうか」

「は、半分!?」

え、えーと、っていうと……。

調布さんが半分。ミーたちと奏《かなで》さんは、全部の半分をさらに半分にしなきゃいけないっていうことだから……利益が4分の1になっちゃうってこと!?

調布さんは淡々と静かな声で言う。

「おそらく、今回の『必須課題』の〈自己株〉評価は、受け取れる報酬額とも比例するはず。つまり、他の皆様の評価が目減りしてもよい、というのであれば検討いたします」

「そ、それは……!」

そうなっちゃったら、課題は大丈夫……なのかい?

ミーは困った顔で成くんを見る。

「……なるほど」

でも成くんは、落ち着いたいつもの冷静な顔で。

「でしたら我々としては、飲めない条件ではありません」

えっ……？

成《せい》くんはちら、とミーに目配せして「大丈夫だ」ってニュアンスの頷《うなず》きを返してくる。

「なぜなら、我々が組むことには、それ以上の価値があると確信しております」

「あら……というと？」

「今回のＬＬＰ案は『３人もの〈ＢＩＧ《ビッグ》・７《セブン》〉が手を組んだ』と評価者に映るでしょう。しかも旧態依然としたビジネスパーソンではなく、開明的な人物ばかりだ。その事実が必ず評価の上乗せにつながると考えているからです」

成くんは自信満々な声ではっきりと言う。

「それはまさしく、あの九十九グループにも匹敵する規模の企業連合です。評価者の立場であれば、これほど衝撃度の高いものはない――結果的に、評価も成果報酬も想定より高くなり、分配割合の変動は気にならない程度になると試算しています」

もちろん奏《かなで》社長との調整は必須ですが、と言い切る成くん。

はぇー……さすが成くん。調布《ちょうふ》さんがこの話をしてきても大丈夫なように考えてたんだ。

成くんのその答えを聞いて、考え込むように口元に手を置いていた調布さんに、成くんは余裕の表情を崩さずに「それで」と続ける。

「もう一つの理由というのは？」

「……、そうですね」

調布さんは気持ちを切り替えるように、肩にかかった長い髪を背に流してから、スッと背を伸ばした。

「実のところ、こちらの方が一番の理由なのですが――」

そして、ミーたちの顔をしっかりと見て。

「このプランには――貴方がたの描きたい〝世界《みらい》〟の姿が見えません」

どくん、と。

心臓が一つ脈打った。

――〝世界《みらい》〟の、姿？

さっき見た、七夕ツリーの光景がぱっと蘇《よみがえ》る。

「都市開発は、未来の人々の幸福な暮らしのために行うものです。当然、そこには明確な幸福の形《ビジョン》が求められます」

「「……」」

さっきまでとは打って変わって、成《せい》くんも言葉に詰まってしまう。

「そこに住む住民の皆様が享受できる幸福《ビジョン》の形をはっきりと伝え、その幸福に共感していただいて初めて、都市開発は成功に繋《つな》がるんですよ」

調布《ちょうふ》さんは静かながら、ズシンと重くのしかかるような声で続ける。

「貴方がたの役割は、いわば同盟交渉の仲介人。ご自身が実際に都市計画案を考えるわけでないことは重々承知していますが……それはあまりに他力本願というもの」

「「……」」

「せめて貴方がたが、どういう〝世界《みらい》〟を見たいと思っているのか――それをお教えください」

シン、と場が静まってしまう。

なんでかドキドキと、心臓の鼓動が速まっている。

ミーはそれが落ち着かなくて、思わず叫ぶように言う。

「み、ミーたちも！　このプランなら、みんなのハッピーに繋がるはずだ、って思ってます！」

ああ、でも――。

やっぱりなんだか、心がむずむずする。

ミーたちが思う、幸せな〝世界〟のカタチ――。

それっていったい、なんなんだろう？

調布さんは冷静な顔で、ミーに尋ねてくる。

「それはなぜですか？」

「え、えっと……それは……」

……調布さんの言う通り。

その街に住む人たちが、どんな人で。どんな幸せな生活を送れるのか。

きっとその幸福《ビジョン》の形っていうのが、都市計画には本当に大事なことなんだ。

そうはっきりわかるのに、ちゃんと答えなきゃいけないのに、ミーはそれをうまく言葉にできなくて、それがもどかしい。

しばらく黙って待っていてくれた調布さんだったけど、ミーが何も言えないでいると再び成くんの方へ目を向けた。

「真琴《まこと》さんはいかがですか？」

「……私は」

成くんは、テーブルの下で拳を握り締め、きっ、と強い目で調布さんを見返す。

「私は、プロのコンサルタントです。調布さん、奏《かなで》さん――全員の描きたい〝世界《みらい》〟を、正しく形にすることが、最大多数の幸福に繋がると信じています」

「――」

「1足す1は2じゃない。10にも、１００にもなるはずです。実際にそうやって発展してきた企業を、私はたくさん見てきました」

「――――」

「一社《ひとり》で描ける〝世界《みらい》〟には限界がある――たとえそれが、国を動かせるほどの大企業《ひとり》であっても、です」

成《せい》くんの語りを瞬《まばた》き一つせずに聞いていた調布《ちょうふ》さんは、おもむろに置かれていたお茶の湯呑《の》みを両手でそっと掴《つか》み、口に運んだ。

そして――。

「……ひとまず承知しました」

ことん、と湯呑みを茶托《ちゃたく》に置いて。

「わたくしの懸念点はそれだけです。みなさまの御提案、ありがたく社内検討に入らせていただきます」

そして深々と腰を折った。

「じゃ、じゃあ受けてくれるんですねっ……！」

ミーは前のめりになって言う。

「環《たまき》さん。申し訳ありませんが、この場で即答はできないんですよ」

ふっ、と気持ち表情を柔らかくした調布さんが言った。

「普通は、経営に関わる事項は取締役会で議論してから結論を出すものです。お二方のように取締役がお一人の場合は別ですが」

「あっ、そ、そうなんですね……」

「どのみち貴方がたの間でも、新たな条件の擦《す》り合わせは必要でしょう？　その上で、最終的な決を取る形にできたらと思います」

さて、と調布さんはしばし考えて。

「申し訳ありませんが、月末までお待ちいただけますか？　こちらの都合で大変恐縮ですが、少々別件で立て込んでおりまして……」

「……構いません。その間に〈SHINE《シャイン》〉とも利益分配について調整しておきます」

成くんはそう答えて立ち上がると、しっかり90度の角度で頭を下げる。

「本日は貴重なお時間をいただき、ありがとうございました。我々全員の課題達成のため、ぜひ前向きに御検討いただけると幸いです」

「あ、よ、よろしくお願いします！」

ミーも慌てて同じよう立ち上がり、頭を下げる。

調布さんはゆっくりと席を立ち、まさしく大和撫子《やまとなでしこ》って感じのゆったりとした声音で言う。

「かしこまりました。わたくしとしても、できる限りのことはさせていただきます」

——こうして、調布《ちょうふ》さんとの商談は終わった。

× × ×

—東京・西新宿〈スターバックスコーヒー新宿四井ビル店〉—


「ふぅー……なんか、ちょっと疲れたかも……」

ぐでーん、とミーはソファに身を預ける。

「……調布さんは正統派の社長だ。奏《かなで》さんみたいなカリスマ的なプレッシャーはなくとも、纏《まと》ってるオーラは超大物のソレだ。特に、あの独特な空間そのものがあの人の腹の中みてーなもんだしな……疲れるのも無理はねーよ」

珍しく甘いラテを頼んでいた成《せい》くんもまた、その顔には若干の陰りがあった。たぶん成くんでも、あんなすごい人たちとの商談は疲れるんだろう。

「……ごめんね、成くん」

「ハ？　急になんだ?」

「調布さんの言う、幸福の形《ビジョン》……ちゃんと答えられなかったな、って」

ミーはキャラメルラテを一口飲んでから続ける。

「実は、あれを聞いた時ね。『ウチの島がそうだよ！』って真っ先に思ったんだ」

「……」

「でもそれって、今話してる都市計画《ビジネス》の話とは関係ないよね、って。あくまでミーたちの島がハッピーなだけだよね、って思って……結局何も言えなくなっちゃった」

「………」

成くんはじっと自分のラテを見つめながら、ぽつりと呟《つぶや》くように答える。

「……とにかく、今やるべきことはやった。今のところオレの計画通りだし、アンタに落ち度はねーよ」

きゅっ、とプラスチックのカップを握り、成くんは顔を上げる。

「そしてもちろん、これで手を止めるつもりもねー。向こうが結論を出す前にも、懸念を払拭《ふっしょく》できるような手は打つつもりでいる。だから心配すんな」

「……うん」

そう答えて、ミーは窓の外を見上げる。

高層ビル越しに見える梅雨のお空は、やっぱりどんより暗くって。夏の清々《すがすが》しい青空は、まだまだ遠そうだな、って。

そう、思った。

1 Interlude 奏晶の選択

―日本上空〈ＡＭＡ０７１便・機内〉―


「――やれやれ」

雲の遥《はる》か上空、熊本に向かう飛行機の中。

真琴《まこと》たちに渡された資料に目を通し終わった晶《あきら》は、ぽつりとそう呟《つぶや》いた。

「じっくり目を通してみてやっとわかったよ、真琴君。い、い、い、なんとなくの正体が」

その資料は、間違いなく真琴成《せい》の作ったもの。

完璧に練られた制度設計。一分の隙もない経営計画。それをこの少ないＡ４の紙束の中で、わかりやすく網羅しまとめ尽くしている。

なるほど、確かにこれは〈成功請負人〉。

まさしくあまねく全ての経営者の救世主といえる、事業戦略《ビジネスプラン》の天才だ。

――。

だが——。

あの時会った彼女が、匂わせていたように。

「——やっぱりそういうこと、なんだろうね」

晶は、窓の外に広がる青空を見つめた。

その瞳はどこまでも果てなく続く、遠くの空を映している。

「……環君《たまき》。君には好感を持っているし、今でも正直、興味はある。だけど——」

手元《めさき》はもう、見ていない。

「残念だ、真琴君。

君の見ている〝世界〟は——とてつもなく、狭い」

2 Interlude 調布乃栄の選択

—東京・西新宿〈西京《せいきょう》エタニア本社・社長室〉—

「……どうしたものでしょうね、これは」

調布乃栄《ちょうふのえ》は、自らの席で送られてきたばかりの資料《PDF》を読み込んでいる。

「修正案は、まさしくこちらの提示した無理難題《条件》に合致したもの。それだけでなく、開発の主導権や不動産の所有権まで付け加えられている——」

つまるところが、この程度の譲歩はもともと計算のうち、だったということだろう。

こちらが提示するであろう条件を事前に予見——いや、そう提示するように誘導した上で、さらにそれ以上のものを出してくる。

経営を生業《なりわい》とする者に知らぬ者はいない『稀代の天才コンサルタント』真琴成《まことせい》。

こうして直接相対して初めて、その過剰とも思える冠が、いささかの誇張もない事実であると思い知らされる。

——。

ですが——。

やっぱり彼女が、おっしゃった通り。

「……わたくしは別に、慈善活動家ではないのです。そこを履き違えてしまわれていたのだとしたら残念ですね」

そう嘆くように呟《つぶや》いて、乃栄はスマホを取り出す。

あまり美しいやり方ではないことは重々承知だが……会社の未来と、己が思い描く〝世界〟を考えれば、やはりこうするのは必然だろう。

「……環《たまき》さん。いえそれよりも、真琴さん――」

乃栄は情報源へとメッセージを送って――。

「申し訳ありません。

貴方の私怨に付き合うほど、わたくしはお人好しではないのです」

3 Interlude 唯村阿久麻の宣託

―東京・代官山〈ラ・トゥーレ代官山Ｋ６０１〉―

「――ひひっ、まぁそうなりますよねー」


届いたメッセージをにんまりと流し見てから、ばっとベッドから身を起こす唯村阿久麻《ただむらあくま》。

そしてすぐさま別の人物に向け通話をかける。

「あー、もしもし、ウチだけどー。全部予定通りってコトで、よろしくどーぞー」

一方的にそれだけを伝え、ぷちんと電話を切る。

「さぁて、さてさて」

隙間風で瞼《まぶた》が凍る稚内《ふるさと》とは比ぶべくもない、設備にサービスてんこもりの超高級マンション。

贅沢の極みを凝縮したその場所で、阿久麻は唄うように語る。

「このお話が本当に面白いのは、ここからでしょや」

ああ、おかしくて仕方がない。

ああ、楽しくて仕方がない。

「——7番クン。天使チャン」

キミたちはそうなった時、いったいどんな顔をするんだろう？

ナニを思って、ナニをするんだろう？

さぁて、さてさて——。

「ウチが手ずから、キミらに——」

——本当の〝ハッピー〟ってヤツを、教えてやるぜ。

第四章　策士、策に溺れる——His and Her Business Plans.

1 Side：真琴成　〝世界〟は広い

—東京・六本木〈六本木ビルズレジデンスE2026〉—

「——つーわけで、オレの計算じゃ、LLP発足後の動き出しでも課題期間中の納品にはギリ間に合う計算だ。そうだろ？」

『がはは！　まぁ事務方を残業地獄に叩《たた》き込めば、だけどなぁ……』

『……人の会社をブラック企業化させる鬼コンサル』

——7月25日。時刻は20時。

オレは陸《りく》・京《きょう》と、LLP発足後の各社の動きに関してオンライン会議をしていた。

ちなみに環《たまき》は〈六本木Garden〉で常連客の祝賀パーティに招待されていて不参加である。

店のキャストは選抜試験終了と同時に辞めているが、親交はキッチリ保たれているようで何よりだ。まぁ環の会社の株主でもある人たちだから、参加しない選択肢なんてないのだが。

「さて、実務面の調整はそんなところか……あとは週末の〈SHINE《シャイン》〉・〈西京《せいきょう》エタニア〉との合同会議を成功させるだけだ」

『そっちは本当に大丈夫なのかぁ？　アチラさん方はあれからずっとダンマリなんだろ？』

『……私も調布《ちょうふ》さんに連絡してみたけど。忙しいみたいで、取り次いでもらえなかった』

心配そうな顔でそう尋ねてくる二人。

……確かに、奏《かなで》さんからも調布さんからも特に連絡はない。

一応、合同会議の場で最終合意という段取りなので、それまで連絡がなかったところで別におかしな話じゃねーが……とはいえ、内示のレベルでも返答があれば、その時点で各社動き出しができるわけで、業務的には楽になる。

それがわからない二人じゃないと思うんだがな……。

「……だがまぁ、どっちにも追加の資料は送ってるし、受領もしてもらってる」

『『……』』

「それで穴らしい穴は全部潰《つぶ》したはずだ。LLP《同盟》を組むにあたり、問題点なんざもうねーよ」

それは自信を持って言える。会社《ウチ》のスタッフ総出で作り上げたプランに、不備があるはずもない。

「大方、他の仕事で手が空いてねーとか、部署間の調整に時間がかかってるとか、そんなところだろう。大企業じゃよくあることだ」

『……そぉかよ』

『……それならいいけど』


――ぶぅーん、ぶぅーん。


と、そんなことを話していると、机の上に置いたスマホが震《ふる》えた。電話のようだ。

手にとって発信者を確認する。

「……ほら噂《うわさ》をすれば影、だ」

表示されている名前は――『奏晶《かなであきら》』。

「奏さんから電話がきた。すまんが、これで会議終了ってことにさせてくれ」

『あいよぉ』

『……了解』

「また何かあれば連絡する」

オレは会議終了のボタンを押してから、すかさずスマホの通話ボタンを押す。

「お待たせいたしました、M&C代表取締役、真琴《まこと》です」

『やぁ、真琴君。夜遅くにすまないね』

ざわざわとした喧騒《けんそう》やアナウンスらしき音をBGMに、奏さんの透き通った声が耳に届く。

駅……いや、これは空港か？

「いつもお世話になっております。奏社長」

『まぁまぁ、そういう固いのはよそう』

そう語る口調は、常と同じもののように聞こえる。

オレは少しだけ力を抜いて話し始める。

「……それで、どんな御用件で？」

『うん。実は今、ちょうど熊本から戻ってきたところなんだけどさ。今から会えたりしない？』

「……ハ？　今から、ですか？」

突然の申し出に困惑する。いや、奏さんならありそうな話ではあるが……。

『電話やZooom《オンライン》は情報量が少ないから、あんまり好きじゃなくってね。大事な話をする時は、なるべく対面して話したいんだ』

ハイテク企業の社長にあるまじき発言だけどね、とくすりと笑う奏さん。

大事な話……か。

十中八九、ＬＬＰの話に違いない。

「……私は構いません。ですが、環《たまき》は今別件で――」

『ああ、彼女はいい。君とだけ話したいんだ、真琴君』

「……？」

実務的な話、ということか……？

『君は六本木かな？　品川《ほんしゃ》まで来れたりする？』

「ええ。今からタクシーで向かいます」

『そっか、ありがとう。あたしも空港から直で向かうから、着くのは同じくらいかな』

そして『守衛さんに話は通しとくから、裏口から入って』とだけ告げられ、電話は切れた。

オレは椅子から立ち上がり、スーツに着替えるためにクローゼットに向かう。

途中、視界の端に映った窓の外は、雨のようだった。

×　×　×

—東京・品川〈SHINE《シャイン》本社ビル・社長室〉—


「——やぁ、いらっしゃい。あたしの方がちょっと早かったね」

守衛に通された社長室には、僅《わず》かに水滴が着いた上着をパッパッと払いながらハンガーにかけている奏《かなで》さんがいた。

「飲み物はコーヒーでいいかい？　なんとなくホットのブラックばっかり飲んでるタイプに見えるんだけど、当たってる？」

「……いえ、お構いなく」

「はは、相変わらずビジネスマナーに拘《こだわ》るな、君は」

言ってから、奏さんは室内の一角に置かれたエスレのコーヒーメーカーに「コーヒーを淹れて」と話しかけた。音声認識機能でもついているのか、その言葉だけで自動的にコーヒーを淹れ始め、室内に香ばしい香りが漂い始める。

「はい、どうぞ。豆は貰《もら》い物で申し訳ないけど」

「……ありがとうございます。いただきます」

オレはカップが置かれたソファに腰を下ろし、正面に奏さんが座った。

さて――。

オレはネクタイを締め直し、口火を切る。

「それで――今日はどういったご用件で？」

自分のコーヒーを口にした奏さんは少しだけ眉《まゆ》を顰《ひそ》め、それからテーブルに置かれた角砂糖を2個ほど追加で入れた。

「うん。実はちょっと、君と話してみたくなったんだ」

「具体的には？」

「君の見る〝世界〟について」

その言葉に、思わず体が強張った。

奏《かなで》さんは甘さを増したコーヒーを飲み、今度は納得した顔でこくんと頷《うなず》いた。

「君の事業戦略《ビジネスプラン》は完璧だった。これほど綺麗《きれい》にハマったパズルみたいな計画書、見たのは初めてだったよ」

「……ありがとうございます」

「だが、やはりそれだけなんだ」

奏さんはコーヒーカップを置いて、オレの目をじっと見る。

「そこから見えた君の〝世界〟は、いささか精彩を欠いて見えた。あえて厳しく言うと、上っ面だけ綺麗に整えられた偽物、だ」

「……っ」


——ドクン。

偽物……だと?


オレの……。

オレの〝ビジネス〟の、成果が?

「君の見ているだろう〝世界〟は、とても綺麗だ。完璧な役割分担で、誰もが等しく利益を得て、みんな仲良く手を繋《つな》ぎ輝かしい未来を作り上げる──そういう子どもの夢のような」

「……」

「勘違いしないでほしいんだけど、〝世界《ゆめ》〟そのものを否定してるわけじゃないよ。経営者なんてのは、誰だってみんな子どもなんだからさ」

だけど、と。

「その美しさの、中身がよくないい。表では輝かしい光を放ちながら、一皮剝《む》けば鈍色《にびいろ》が顔を覗《のぞ》かせる。まるで金メッキされた鉛玉のように感じたんだ」

奏さんの透き通る緑の瞳が、オレの心の底までを見透かすように言う。

「君の事業戦略《ビジネスプラン》が描く黄金の〝世界〟は、見える範囲だけが美しいハリボテだ。そんな狭苦しい〝世界〟には──〈ＳＨＩＮＥ《あたし》〉は、賛同することができない」

「……っ！　そんな、バカな！」

思わずオレは思わず立ち上がり、声を荒らげる。

「オレの提案したプランは、この課題をクリアするには最上のモノのはずです！　これ以上の案なんてのはありえない！」

「だから、そこは否定してないってば」

あくまで冷静に、奏《かなで》さんは言葉を紡《つむ》ぐ。

「ビジネスの本質は『win-win』だ。そこはあたしも否定するつもりはない。君のプランに乗れば、間違いなく誰にとっても良い結果になるだろうさ」

「ならそれの一体何に不満が……！」

「だから言ってるじゃないか。中身の問題だ、って」

すると奏さんは、すうっと瞳を開き、全てを見透かすように。

「——君。あたしたちを勝たせることで、誰かに勝とうとしてるだろう」


——っ！

ずがん、と横から頭を殴られたような錯覚を覚える。

「君のこの事業戦略《ビジネスプラン》は、あたしたちをうまく利用してその目的を達成するのが本当の中身——じゃないのかな？」

「っ……！」

ぐぐ、と膝《ひざ》の上で握った拳に力が入る。

奏さんは「ふぅ」と小さく息を吐くと。

「利用し、利用されるのはビジネスの常だ。それもまた、否定するつもりはないよ。……だけどあたしは、そういうお約束は好きじゃないな」

——反論を、しなければ。

反論をしなければ……この商談は、成立しなくなる。

「それがあたしが感じていた『なんかもやっとする』ものの正体だ。まぁ、ヒントらしきものを小耳に挟んじゃったせいで気づかされた感があるのも癪《しやく》ではあるけど……それはそれ、これはこれだ」

「……」

「本当は違うんだ、っていうんなら、是非真意を聞かせてほしい。君の言う通り、あたしの直感は3分の2の確率で外れちゃうからね」

「……っ……！」

否定しなければならない。

そんなことはない、と。

ただ心から、みんなの勝利《WIN》を願ってのものなのだと、断言しなければならない。

——。

——……。

——だが……。

——『九十九グループに打ち勝つための、同盟を作る』

「…………」

事実を否定《嘘をつく》することは……。

でき、ない。

オレの沈黙を肯定と受け取ったのか、奏《かなで》さんは諦めたように肩をすくめて席を立つ。

「……だとしたら、そんな狭い〝世界《ゆめ》〟は、これ以上見続けちゃいけないよ」

それから、パチッ、と壁のスイッチを押し、四方のガラス窓を遮《さえぎ》っていたブラインドが、自動的に開いていく。

そして——。

「——だってほら。〝世界〟はこんなにも果てしなく、広いんだから」

どこまでも続く、キラキラと光り輝く東京の夜景。

その光景を、まるで星空のごとく広大な〝世界〟のように見て微笑《ほほえ》む奏さんを、オレは直視することができなかった。

×　×　×

―東京・品川〈JR品川駅・改札前通路〉―


〈SHINE《シャイン》〉本社を出たオレは、濡れた傘を提げたサラリーマンたちが行き交う品川駅を重い足取りで歩いていく。

――合同会議を待つまでもなく、〈SHINE〉との同盟は破綻《はたん》した。

だがこの事態は、全く想定していなかったわけじゃない。

奏さんの気分次第でいくらでもひっくり返る可能性があるのはわかっていたし、今回は運悪く、そのケースに該当しただけのこと。

すっぱり諦めて次善策に移るしかない。

『――君。あたしたちを勝たせることで、誰かに勝とうとしてるだろう』

「……そうしなきゃ、いずれ全部なくなっちまうんだよ」

ぽつりと漏れたその呟《つぶや》きは、行き交うサラリーマンたちの雑踏でかき消された。

――ヴッ、ヴッ、ヴッ、ヴッ。

ハッ、と、胸ポケットに入れたスマホの振動で我に返り、オレは環《たまき》がするようにパチンと両頬《ほお》を叩《たた》いた。

……このバカ野郎。いったい何年ビジネスやってきてるんだ。想定通りにコトが進まないことなんざ、日常茶飯事だろうが。さっさと切り替えろ。

オレは僅《わず》かに濡れてしまった髪を両手でかき上げてから、スマホを取り出す。

そこには陸《りく》からの不在着信通知が届いていた。集中モードのままにしていたからコールが鳴らなかったようだ。

オレは折り返し陸に電話をかけることにする。

何の用件かはわからないが、ちょうどいい。こちらも状況が変わったことを伝えよう。

こうなった以上、〈西京《せいきょう》エタニア〉との同盟を急がなくてはならない。それだけはなんとしても成立させないと、オレたちに打つ手はなくなってしまう。

今から同盟抜きで都市計画なんざ作れるわけもないし、よもや課題未提出なんていう最悪の事態だけはなんとしても避けなければ。

プップップッ、トゥルル――。

『もしもし、成《せい》か!?』

僅かなコール音ですぐに通話が繋《つな》がるなり、いきなりのバカでかい声が響いた。

「うおっ！　おいコラ、いきなり声でけーよ！」

『悪ぃ、緊急だ！』

本気で焦《あせ》った時の陸の声音に、どくん、と心臓が跳ねる。

「……緊急？　なんだ、何があった!?」

『京のところに調布から連絡が入った！』

――なんだと!?

『だが、その内容がよくねぇ！　結論から言うが「大島グループと だけ業務提携を結びたい」って申し出だ！』

――ああ、チクショウ。

ぎり、と歯を食いしばる。

いったいどうして――。

悪い事態ってのは、重なるんだよ……っ！

2 Side:真琴成 〝詐欺師《コンサルタント》〟

―東京・西新宿〈西京《せいきょう》エタニア本社・社長室〉―


翌日。13時ちょうど。

調布《ちょうふ》さんの掟破りの申し出について、急遽《きゅうきょ》会合の場が設けられた。

メンバーはオレ、環《たまき》、陸《りく》、京《きょう》、そして調布さんの5人。


「――申し訳ありませんが、それが弊社の社内決定になりました。ご期待に添えず、申し訳ございません」


深々と頭を下げる調布さんだったが、その声音はいつもと同じ静かなものだった。

「な、なんで……なんでそうなっちゃったんですか、調布さんっ……！」

昨日の奏《かなで》さんの件も含め、まさしく寝耳に水という顔の環は、動揺を隠すこともなくそう尋ねた。

調布さんは頭を上げると、淡々と語り始める。

「まず第一に、今から他都市のシミュレーションに移るにはコストメリットが見合わない、というのが取締役会の大多数の意見でした」

「で、でもそれはっ。りえききょーよの割合を変えれば大丈夫って話じゃ……」

「環さん、確約したわけではありません。あくまで検討の条件と申し上げたはずです」

気持ち優しい声音で、申し訳なさそうに言う調布さん。

「しかし〈大島《おおしま》土建〉・〈大島ハウス〉の両社との提携は、今からでもメリットが大きい。ですので、その2社との業務提携という形のみであれば、是非にお願いしたい、という結論になりました」

「……調布よぉ。俺らがそんな条件を飲むと思ってんのかよ？」

と、あからさまに不機嫌そうな様子で、陸が答える。

「そりゃオタクにとって話がうま過ぎるんじゃねぇか。何より、仁義ってもんが通ってねぇ」

続けて、気まずげな顔の京が口を開いた。

「……申し出自体は、ありがたいお話だと思ってます。でも……発起人を省いて直取引、というのは、流石《さすが》に……」

二人の言葉を正面から受け止めて、こくり、と頷《うなず》く調布さん。

「お二人の仰りたいことは重々承知しております」

ですが、と。

「これはビジネスです。あくまで弊社として、その選択が最も合理的と判断したからご提案したまでのことです」


甘ったれたことを言うな、と。

そう言わんばかりの強い口調で、二人の反応を断じた。

奏《かなで》さんにも通じる大社長の圧力を前に、ぐっ、と言葉に詰まる大島《おおしま》兄妹。

場が一瞬静まった、その時――。


「――それは、ミーがちゃんとした〝世界《みらい》〟の形を伝えられなかったからですか?」


俯《うつむ》いて聞いていた環《たまき》が、顔を上げ。

その真っ直ぐな瞳で、調布《ちょうふ》さんに問いかけた。

「……環さん」

「ミーが……ちゃんと、描きたい幸福《みらい》の形のことを話せなかったから。調布さんみたいに、はっきりと示せなかったから……力不足だって、そう思ったんですか?」

「……」

調布さんは、環の本質を見抜く瞳によって捉えられた本音に、一時言葉を詰まらせる。

そしてその身に纏《まと》う圧力を僅《わず》かに弱めて。

「……環さん。貴方のお心に嘘《うそ》がないことはわかります。貴方が故郷《ふるさと》の人々の幸福のために動いていることも、存じております」

しかし、と。

「今回のプランには、そんな貴方だからこそ描ける形が、はっきりと見えませんでした。なぜなら――」

そして――。

調布さんの瞳は、オレに向いた。

「環さん。貴方は、ただ彼の考えた事業計画《ビジネスプラン》に沿って、動かされていただけだからです」

「……っ！」

環が目を見開いて、きゅっと胸の前で拳を握る。

「違います、動かされてなんていませんっ！　ミーは成《せい》くんに助けてもらってるだけで、自分で決めて動いててっ……！」

調布さんは環の叫びを手のひらで制し、オレの方に体ごと向き直る。

「真琴《まこと》さん」

「……はい」

「わたくしは、慈善家ではありません。ビジネスパーソンです」

「……無論、存じております」

「わたくしがWBFに所属しているのは、あくまで己が理想とする〝世界《みらい》〟を実現するため。そこに余計な雑音《ノイズ》は必要ありません」

ですので、と。

調布《ちょうふ》さんは、キッと厳しい口調で。

「あなたの私怨に基づいた事業計画《ビジネスプラン》に――巻き込まれるわけには、まいりません」

「「――！」」

オレ以外の3人が、息を呑《の》む。

――ああ、やはり。

超一流のビジネスパーソンってヤツは……本当に、化け物だ。

「ある御方から聞きました。真琴さんは、九十九《つくも》さんと過去に因縁がおありのようですね」

「……」

「しきりに九十九グループを意識されたご発言をされていたのも、それが原因なのでしょう」

「…………」

オレはただ黙って、調布さんの言葉を聞き入れる。

調布さんは厳しい態度のまま、話し続ける。

「確かにご事情、お気持ちは、察するに余りあります。ですが……それは今の我々のビジネスとは、全くの無関係です」

「……」

「現状我々に、九十九グループと敵対するような意思はございません。いずれ乗り越えねばならない壁ではありますが、今はまだリスクが大きい。その意向に反して勝手に巻き込もうというのは――一言で言えば『迷惑千万』です」

はっきり言い切って、調布さんは「ふぅ」と息を漏らす。

「環《たまき》さんも、大島《おおしま》ご兄妹も、きっと真琴さんのご事情をお察しの上でご協力されていたのでしょうが……果たしてそれは、誠に健全な協力関係と呼べるのでしょうか？」

「……」

「気遣いの上で起こした行動は、本当にご当人の意思によるものと呼べますでしょうか？」

――まるで罪が暴かれていくようだった。
オレが心の奥底に押し込んで、ないもののように思っていた、見ないようにしていた。
それで抑えきれずにはいられなかった――。
決してビジネスパーソンらしからぬ、感情を。
調布《ちょうふ》さんは、きっ、と視線を鋭く尖《とが》らせ――。
「今の貴方のやり方は、聞こえのいい言葉で巧みに人々を操る詐欺師のようです。
もしそれが、本当の貴方なのだとしたら――わたくしは、貴方と協力はできません」
詐欺師――。
……。
――……あぁ。
まったくもって……。
その……通りだ。

「おい調布！　お前いい加減に——っ！」「乃栄《のえ》さん！　流石《さすが》にそれはっ……！」

「待てっ!!」

オレは立ち上がりかけた陸《りく》と京《きょう》を大声で制して、心を凍結させてから語る。

「……業務提携の契約書を見させてもらったが、決して悪い条件じゃねー。むしろ、最大限お前らに配慮された、いい提案だ」

「おい成《せい》……っ！」「何言ってるの……！」

「お前らは従業員を抱える経営者だろうが」

「——っ！」

企業経営者《おや》にとって、一番の泣きどころを突いて黙らせた。

「お前らの会社には、何千人って数の養ってかなきゃいけねー社員《かぞく》がいる。それを社長個人の甘ったれた馴れ合いで、迷惑かけていいと思ってんのか？」

「成……！」

「ビジネスパーソンとして、当たり前の選択をしろ」

——二人まで、オレの失敗に巻き込むわけにはいかない。

せめて、ここまで付き合ってくれた友人《アホども》たちには、損がないようにしてやらねーと。

「……っ……」

それでも何か言いたげな二人に、オレは「ハッ」といつものように、皮肉げに笑って見せる。

「アホ、なんつー顔してやがる。オレはお前らにそんな顔されるほど、落ちぶれちゃいねーよ。こういう展開もまた、想定済みだ」

「「…………」」

二人にならば絶対見抜かれるであろう虚勢を口にして、それでもオレは続ける。

「だから……余計な心配すんな。自分らの商談《ビジネス》に、全力を注げ」

そう言ってふん、と鼻を鳴らしてやると、陸《りく》たち二人は全てを飲み込むような顔をしてから席に座り直した。

……。

……ここまで付き合わせちまって、悪かったな。

「せ、成《せい》くん……」

そこで、それまで黙っていた環《たまき》が口を開いた。

……陸と京《きょう》については、これでいい。

だが、今のオレが、環にしてやれることは——。

「環は……そうだな、追って連絡する。次のプランについて、後日また話そう」

「成くん……っ！」

オレはその顔を見ないまま、参考にと持ってきていた資料をカバンに詰め直す。

黙って事の成り行きを見守っていた調布《ちょうふ》さんは、様々な想いが込められたような苦々しいため息をついてから立ち上がった。

そして、深々と腰を折って——。

「それでは、お二方との商談は以上とさせていただきます。

——真琴《まこと》様、環様。誠に申し訳ございませんが……ご退席、願えますでしょうか」

3 Side:環伊那　おおばかやろう

—東京・西新宿〈西京《せいきょう》エタニア本社・三角広場〉—

ミーと成くんはビルを出て、ガラス張りの屋根に覆われた広場にやってきた。

「あ……雨だ、ね」

ガラス屋根に、ぽつぽつ、ぽつぽつと降り始めの水滴が落ちてくるのが見える。

天気予報じゃ夜中まで曇りのはずだったんだけど……早まっちゃったみたいだ。

「傘持ってくればよかったなぁ……あ！　でも西新宿《ここ》って、駅まで屋根伝いで行けるよね！」

ミーはなるべく暗い雰囲気にならないように、努めて明るく振る舞う。

「それなら本降りになってもセーフセーフ！　……ん、あれ？　でも結局、最寄り駅から帰る時は濡れちゃうかぁ……やっぱり傘買わなきゃかなぁ……」

「――」

「えーと……マップだとすぐそばにコンビニあるっぽいから、そこ寄ってから帰ろっか！ね、成《せい》くん！」

「――」

「……成くん？」

反応らしい反応が全くないどころか、気配すら感じない気がして振り返ると、やっぱりそこに成くんの姿はなかった。

えっ、どうして!?　ビルを出るまで一緒にいたのに！

ミーが慌てて周囲を見回すと、駅とは逆方向に向かって一人歩いていく成くんの背中を見つける。

「せ、成くんっ！　どこ行くのかい!?」

急いでそばに駆け寄っていって、その顔を見上げる。

成くんはそれでやっと気づいたみたいに、ぼんやりとした声で言う。

「……ああ、環《たまき》。悪いが、ちょっと一人にしてくれるか」

「えっ？　えっ……？」

「静かなとこで落ち着いて戦略《プラン》を練り直したいんだ。また後で連絡するから」

「で、でも……っ」

前髪に隠れたその青い瞳に、いつもの輝きはない。

台風の日の海みたいに、灰色だ。

ミーが戸惑ってるうちに、成くんは再び歩き始めてしまう。

「ま、待って成くん！　そっちは外だよ……!?」

「……」

「雨降ってきたんだよ！　濡れちゃうよ！」

「…………」

ミーの声なんてまるで届いてないみたいに、成くんは出口から消えていった。

ぞわっ、と背筋が寒くなる。

――ダメだ。

今の成くんは、絶対に独りにしちゃ、ダメだ。

「……っ！」


ミーは急いで近くのコンビニまで走って、ビニール傘とタオルを買う。

そして成《せい》くんが去っていった方角へと、急いで追いかけた。

×　×　×

—東京・西新宿〈新宿中央公園〉—


「はっ、はっ、はっ……！」

ミーは息を荒くしながら、公園の入り口にやってくる。

「どこ……！　成くんっ……！」

ほんの少しコンビニに寄っただけなのに、成くんの姿はもう見えなくなっていた。

ただ方角的に行き先はこの公園しかありえない。きっと今もどこかにいるはずだ。

——ぽつ、ポツポツ、ザァー。

次第に本降りになってきた雨の中で、ミーは公園を走り回る。

噴水広場の前――いない！　階段上のデッキテラス――いない！

高層ビル街のど真ん中にある公園なのに迷路みたいに広くって、なかなか成くんの姿は見つからない。

成くん……！　成くん……！

ミーはあっちへこっちへ走り回る。

――ザザァー。

梅雨の雨なのに、その勢いは強かった。

いくらもうすぐ夏だからって、こんな中で傘もなしにいたら風邪引いちゃうよ……！

「はっ、はっ、はっ……！」

ダメだ、こっちは行き止まり……！　こっちは工事中！

時折、まんなかの芝生公園の方にも目をやりながら、ぐるりと外周の道を反時計回りで走っていく。

「はっ、はっ、はっ――！」

公園の別の出口、小さな神社、六角形の東屋――。

うねうねうねった、都会の森のような公園の敷地を、とにかく走って、走って、走って――。

そして。

「──いたぁっ！」


『雨水浸透施設』とかいう看板の置かれた、半円形の小さな緑地。

その外周を囲うコンクリートの椅子に、ぽつん、と。

びしょ濡れで項垂《うなだ》れて座る、成《せい》くんがいた。

「成くん、成くんっ……！　何やってるんだよぉ！」

急いで駆け寄ったミーは、ばっと成くんの上にビニール傘をさす。

髪はびっしょり濡れていて、ぽたぽた、と雨の雫が前髪から滴り落ちている。

と、とにかく拭いてあげないと……！

「えっとタオルタオル……！」

「──悪かった、環《たまき》」

……と、買ってきたタオルの封を切ろうとしていた時、急にそんな言葉が耳に届いた。

「アンタをピンチに巻き込む羽目になっちまった。顧問コンサルとしてあるまじき大失態だ」

「せ、成くん……」

「なんとか……ツテをたどって、今からでもアンタの勝ちの目を作る」

「成くん！」

「最悪、どっかの陣営に頭を下げてでも――」

「成くんってばっ！」

必死にビジネスパーソンの仮面を被り続けようとする成くんが見ていられなくって、ミーは思わず声を荒らげてしまった。

だって、成くんは――。

すっごく傷ついてるのに、さらに自分を責め続けているんだから。

「今はそんなのどーでもいいよ……っ！　成くんは、成くんは……ただ自分の気持ちを、うまく出せなかっただけじゃん！」

「……」

「みんなを騙《だま》すつもりなんて全然、これっぽっちもなかったじゃん！　そんなのミーも、陸《りく》くんも、京《きょう》ちゃんも……みんなみんなわかってたから、だから一緒に頑張ろう、ってやってきたんじゃん！」

「……」

「なのに、なのに……こうなったのは全部自分のせいだなんて、思っちゃダメだよ……っ！」

――ザァー、ザァー。

雨の降りしきる無人の公園に、ミーの言葉が響き渡る。

コンクリートの冷たい椅子に項垂《うなだ》れたまま、成《せい》くんは——。

「——オレ、は九十九が許せない」

「……っ」

その言葉は、すごく深くて、重い。

ミーが一度も成くんから聞いたことがない、暗い、暗い、言葉だった。

「アイツは……オヤジを追い込んで、会社をぶち壊しにして、仲間をバラバラにして……最後に全部、全部を奪い取りやがった」

「……」

「そうさせたのは、今のこの〝世界〟だ。オヤジが目障《ざわ》りだった〝世界〟が、〝世界〟の代弁者の九十九《アイツ》を使って、ぐちゃぐちゃにしやがったんだ」

ぐぐぐぐ、と。

成くんの両膝《ひざ》の間で組まれた両手に、強く力が入る。

「だからオレは……他人《ひと》の描く〝世界〟で、それを塗り替えようとした。そのために、周りの連中を……〝ビジネスパートナー〟を、利用しようとしてたんだ」

「……」

「それらしいお題目で、小綺麗《ぎれい》な謳《うた》い文句で、『win-win』でさえありゃいいなんて浅いロジックで……みんなを、利用しようとした」

「………」

「まさに詐欺師だ」

ハッ、と乾いた声が漏れる。

「九十九《つくも》にも、奏《かなで》さんにも、調布《ちょうふ》さんにも……全部、見抜かれちまったよ。やっぱりアイツらは、とんでもねービジネスパーソンだ」

「………」

だから、と。

成くんは、あろうことか。

「――アンタが組むのは、オレじゃない方がいい」

――っ！

ぜったいに、ぜったいに聞きたくなかった、その言葉に。

ミーの心は、言葉にならない声を上げた。

「アンタの営業力は……どこにいっても通用するレベルのモンだ。オレが保証する」

——ぁ——っ！

「奏《かなで》さんにも気に入られてるみてーだし、なかなか気も合いそうだ。何より……ビジネスパーソンとして、あの人はオレより遥《はる》かに格上だ」

——っ!!

「話は、オレがつけておく。だからもう、アンタは——」

——っっっっ!!!!

ぶわっ、バシャン！

傘を放り投げた。

そして──。

「成《せい》くんの──」

項垂《うなだ》れる、その頭を。

「──おばかっ！」

思いっっっっっっっっっっっっっきり──。

抱きしめた、抱きしめた。

「ばかっ、ばかっ！　さっきからなに言ってるんだよっ！」

「なっ、たま——」

「黙って聞きなさい！」

ぎゅむううう、と思いっきり頭を抱きかかえて黙らせる。

「さっきからもう、おばかなことばっかり言って！　なにが詐欺師《さぎ》なのさ！　どこが騙《だま》してるっていうのさ！」

降りしきる雨が服を、髪を、どんどん濡らしていくけど、そんなの知ったこっちゃない。

「成《せい》くんはミーを助けてくれたもん！　ちゃんと育英生にならせてくれたし、ぽんこつなミーをここまでずっと導いてくれたもん！」

「……っ」

「なのになんで、他の人と組めだなんてこと言っちゃうのっ……！　そんなの絶対やだっ!!」

だれと組む方が得だとか、ビジネスパーソンとしての格だとか、そんなことはどうだっていいんだ。

成くんがいい。

成くんだけがいい。

ミーのことを、こんなミーのことを、〝ビジネスパートナー〟だって認めてくれた——。

成くんじゃなきゃ、絶対に嫌だ!!

「成《せい》くんは根っこのところで、すっごい悔しくて、悲しくて、辛い気持ちをかかえてた！　それをミーは、もっとちゃんとわかってあげなきゃダメだった……！　〝ビジネスパートナー〟のミーが、ちゃんとわかった上でサポートしなきゃいけなかったんだ！」

「……っ……っ……」

「だから、ミーが悪いんだよ！　成くんに頼りっ切りで、自分でなんにも考えられないぽんこつアホアホなミーがっ！」

本当に、本当にそう思う。

ミーはなんでもかんでも成くんに任せてばっかりで……。

ミー自身がどうしたいのかを、全然考えていなかった。

……調布《ちょうふ》さんの言う通りだ。

ミーは、ミーがいったいどんな〝世界〟を描きたいのか――。

それをもっとちゃんと、カタチにしておかなきゃいけなかったんだ。


「それに、それに、成くんが――」


雨で冷え切った体《こころ》を、少しでも温めたくて。

ミーはぎゅうっと優しく、包み込むように、成くんを抱き寄せる。

「成くんが──ビジネスで人を助けたいんだ、って想いは、嘘《うそ》じゃないじゃん！」

「──！」

成くんの心に沈んでる、辛い想い。
成くんが心に抱いてる、尊い想い。

それはどっちも成くんのもので。
どっちも間違いのない、本当の気持ち、なんだから。

「だから成くんは、詐欺《さぎ》師なんかじゃない！
〝ビジネス〟でみんなを助けようって頑張ってる、立派な〝ビジネスパーソン〟だよっ!!」

さぁっ、と。
風が吹き抜けて、周りの木々を揺らす。
ザーザーと降り続いていた雨が、葉っぱの屋根で、一瞬だけ止《や》んだようだった。

「……き……」

「ばかっ、ばかっ……」

「……まきっ……」

「成《せい》くんの、おおばかやろう!」

「環《たまき》っ!」

ぐいっ、と。

両手で思いきり肩を押されて、引き剥《は》がされてしまった。

「はぁーっ、はぁーっ……! こ、こ、このドアホ! 窒息死させる気かっ!」

成くんは真っ赤な顔で、ぜーはーぜーはー、肩で息をしている。

……?

あっ……えっ?

「ご、ごめんっ! そ、そんなキツかったかい……!?」

成くんはぜーはーしながら、真っ赤な顔のまま言う。

「ちったぁ遠慮ってもんをしやがれっ……ああクソクソ、アンタってヤツは、オレに恥ばっかかかせやがってっ!」

両手で髪をぐしゃぐしゃと乱しながらプンスコ怒る成くん。

ど、ど、どうしよう!

酸素！　酸素も必要だったかい⁉

そんな風にミーがおろおろしてると、成くんは「ハァ――――……」とめっちゃ長いため息をついてから顔を上げる。

「ああもう、まったく……アンタまでびしょ濡れじゃねぇか。なんのための傘だ、アホ」

「だ、だって……」

「つーか、傘。さっきの風ですっ飛んでったぞ」

「ああっ！」

振り返ると、植木に開きっぱなしの傘が刺さっていた。

ミーは慌ててそれを取りにいって、ばさばさと葉っぱを落としてから戻ってくる。

すると、すっ、と成くんがハンカチを差し出してくれた。

「ホラ、これで拭け。まぁ気休めにしかならねーだろうが……」

「あ、ありがとう……」

言われるがまま、濡れた髪を拭き取っていく。

「……あっ、っていうかタオル！　タオル買ったから、成くんはそれ使って！」

「イヤ、そっちも水浸しみてーだが……」

あっ、と見たら、ちょうど封を切ったタオルの入ったビニール袋は、すっかり水溜まりの中に浸かっていた。

「お、おおぅ……や、やってしまいました……」

成《せい》くんは「ハァ……」と再び呆《あき》れたようにため息をついて。

「……とりあえず、屋根あるとこに行くか」

×　×　×

―東京・西新宿〈ハイエットリージェンシー東京・地下広場〉―


ミーたちは、さっき傘を買ったコンビニ近くの地下広場にまで戻ってきた。

もう一度タオルを買ってきて、スーツについた水を拭き取っている成くん。髪はびしょびしょのままだけど、スーツの方はそこまでぐっしょり、って感じじゃないようだ。

「……撥水《はっすい》加工のスーツだからな。多少の雨なら、しばらくほっときゃなんとかなる」

「あ、そうなんだ……」

ミーの視線に気づいたのか、成くんがそう返してきた。

ミーも自分の髪や服を拭きながら、ちらりと成くんの顔を見る。

「……えっと……さっきは急に、ごめんなさい」

「ア？」

「その、好き勝手言っちゃったりとか、窒息させそうになっちゃったりとか……」

しゅん、と肩を落とす。

思わず衝動的にやっちゃったけど……よくよく考えたら、あれはあれですごい自分勝手な言い草だったんじゃないでしょうか。

成くんは成くんで、ミーのことを考えて言ってくれたわけで。それをたくさんばかとかおおばかとか言っちゃったのは、よくなかったかもしれない。

成くんは「はぁ……」とため息をついてから、そっぽを向いた。

「……別に、謝ることなんてねーよ」

「そ、そうかい……？」

「イヤ、窒息未遂だけは謝罪が必要か」

「うっ」

ハン、と鼻を鳴らす成くん。

「……まぁ、だが」

——ああ。

でも——。

「面倒……かけたからな。それでチャラだ」

――いつもの、成《せい》くんだ。

成くんはぐしゃぐしゃと髪をタオルで乱暴に拭いてから、さっさっと手櫛《てぐし》でそれっぽく整えていく。

「……とにもかくにも、だ。現実を見ないわけにはいかねー」

成くんは「ふぅ」と息を吐いて続ける。

「この際だから正直に言うが……こっからの挽回の策は、ないに等しい」

「えっ……」

いつもぜったい他の案を用意してる成くんでも、打つ手はないってこと……？

成くんは深刻そうな顔で言う。

「そもそも今回の課題は、各分野の専門家の力添えが大前提だ。それが一切なくなった今、とりあえずの形を作ることすら難しい。素人が思いつきレベルのモンを出したところで、評価なんてされるわけもねーからな」

「で、でも……陸《りく》くんと京《きょう》ちゃんがいれば……」

「ダメだ。二人には絶対に頼るな」

ぴしゃりと即否定されて、思わずびくりとなる。

成くんは少しだけ語気を弱めてから言う。

「……陸も京も〈西京《せいきょう》エタニア〉との提携でいっぱいいっぱい、ってことだ。こっちに回せるリソースなんてない」

「あ、そ、そうなんだ……」

「アイツらにこれ以上面倒はかけられねー……だからオレとアンタだけでどうにかするしかねーんだ」

でもそれだと、素人の思いつきレベルのものにしかならない。

だから成くんは、打つ手がないって言ってるんだ……。

「ほ、他に協力できる人を探す、とか……？」

「今からじゃ物理的、時間的に無理だ。外部の人間は守秘義務規定に引っかかるし、都市計画に関係する業種の他の育英生は、ほとんどが九十九《つくも》派閥だ。奏《かなで》さんと調布《ちょうふ》さん以外、そもそも組めそうな相手は最初からいなかったんだよ」

「そ、そうだったんだ……」

成くんがそう言うのなら、本当にそうなんだろう。

「一応オレの方で、規定に引っかからない範囲で動いてはみるが……あまり、期待はしないでくれ」

暗い顔のまま、成《せい》くんは言った。

これが八方塞《ふさ》がり……っていうやつなのかな。

「せめて誰かと、一部提携だけでも組んでもらえりゃな……」

「一部提携……？」

「ああ」

しばし考えるそぶりを見せてから、成くんは口を開く。

「今のオレらが提供できるものは、オレのビジネス周りの総合的な知見と、アンタの営業力だ。ああイヤ、アンタに関しちゃ人を見る目みてーな得体の知れない能力もあるか……」

「……」

「もしそれらにニーズがあって、その力が必要だって思われりゃ、部分的に業務提携を結べる可能性はある」

成くんは膝《ひざ》の間で両手を組んで続ける。

「そうすりゃ多少は課題達成に貢献した扱いになるだろう。とはいえ、都市計画の本質に関わる業務じゃねーから、単なるアドバイザーに使いっ走り、って程度の評価だろうが」

「そっか……」

「今のままじゃ〈自己株〉へのマイナス評価は避けられねー。だが部分提携が実現すればゼロ評価くらいまでは持ち直せるかもしれねー……まぁ、そんなところだ」

言って、ふっ、と自嘲《じちょう》気味に笑う成くん。

「だがオレにはもう、その交渉を持ち込む余地すらない。……奏《かなで》さんからも調布《ちょうふ》さんからも、信用を失っちまったからな」

「成くん……」

しん、と地下広場が沈黙に包まれる。

遠くに聞こえる雨音は、まだまだ弱まる気配はなさそうだった。

×　×　×

—東京・新宿〈JR中央線・車内〉—

——ガタンゴトン、ガタンゴトン。

ある程度髪とスーツが乾き、ミーは濡れたシャツだけを新しいものに着替えてから、成くんと別れた。

帰りの電車の中はじっとりとした湿気に満ち溢《あふ》れている。床はびちゃびちゃと靴についた雨水で汚れていて、なかにはミーたちみたいに突然の雨に濡れてしまった人もちらほらといる。

ミーはドアの横にもたれかかり、ぼんやりと外を眺めながら考える。

――もう本当に、どうしようもないのかな。

でもあの成《せい》くんが厳しいって言うくらいなんだから、ビジネス的にはすっごくピンチなのは間違いないんだろう。

当然、ミーになんて、できることはない。

ミーは、ビジネス素人なんだから。

「……でも……それでも……」

電車の騒音にかき消されるくらいの声で、ぽつり、と呟《つぶや》く。

それでも、ミーに……。

何かできることは……ないのかな。

『せめて誰かと、一部提携だけでも組んでもらえりゃな……』

ふと、成くんの言葉が蘇《よみがえ》る。

『だがオレにはもう、その交渉を持ち込む余地すらない。……奏《かなで》さんからも調布《ちょうふ》さんからも、信用を失っちまったからな』

――。

――……成くんには、無理でも。

ミーになら……会ってくれたりしないかな?

ううん、でも……。

会ってもらって、どうすればいいいんだろう？

何を言えばいいんだろう？

調布さんに、自分の描きたい〝世界《みらい》〟の話を、何一つできなかったミーが……。

成くんの知恵《サポート》も、事業戦略《ビジネスプラン》もなしに、何か心を動かせるようなことが、言えるんだろうか。


――ヴーン、ヴーン。


その時、バッグの中でスマホが震《ふる》えるのを感じた。

……だれだろう？　成くん？

ミーはスマホを取り出して、通知画面を確認する。

そこには、ＬＩＭＥの未読が一件。

送り主は――。


「…………え？」

1 Side:環伊那 わからない

―東京・国分寺〈ゼレオ国分寺9F・アウトドアガーデン〉―


翌日の、夜。天気は曇り。

ミーは国分寺駅の駅ビル、その最上階の、外に出れるちょっとしたアウトドアスペースにやってきた。

外はクーラーの効いた店内とは打って変わって、じんわりと蒸し暑い、夏を先取りしたような空気だった。

島のそれとは違い、爽《さわ》やかな潮の香りも、濃い緑の香りもない。あるのはただ、体にじとっとへばりついてくるような湿気だけ。

そんな空間で――。


「――やぁやぁ、待ってたよ。天使チャン」

デッキの手すりに腕を置いて街を眺めていたアクマちゃんと、顔を合わせた。

――昨日のＬＩＭＥの送り主は、アクマちゃんだった。

中身はいきなりの『明日あたり国分寺に行こーと思うんだけど、夜ちょっち会ってオハナシしなーい？』というお誘いだ。

最初はご飯でも食べよう、って話なのかと思ったけど、どうもそういうわけじゃないらしい。何の話なのかは教えてくれなかったけど、もしかしたら今の状況を乗り越えるヒントになるかも、と思って誘いを受けて、こうして展望デッキで会うことになったのだった。

「アクマちゃん、ごめんね。ちょっと待たせちゃったかい？」

ミーはアクマちゃんのいるデッキの奥まで進む。湿度たっぷりで気持ちよくないからか、ミーたち以外に人はいないようだった。

「いんやー。天使チャンのことだから５分前には来るだろうなーって思ってたから、それよりちょっとだけ早く来てただけさ」

よしょっ、と体を起こしたアクマちゃんは、いつものニコニコとした顔で笑いながらミーの方へと歩み寄ってくる。

「あ、アクマちゃん、マンゴー好きかい？　ちょうどミーの故郷の島から届いたから、お裾分けに持ってきたんだけど……」

ミーはそう言って、持ってきたお裾分け用の紙袋を翳《かざ》してみせる。

するとアクマちゃんは、にっ、と爽《さわ》やかに笑って――。


「――ねぇ。大事なパ、ー、ト、ナ、ー、が、ズ、タ、ボ、ロ、に、さ、れ、て、今どんな気持ち？」

――と。

急に、よくわからないことを言い始めた。


「えっ……？　アクマちゃん、今、なんて……？」

「その顔。確実に、ウ、チ、の、予想通り、の、状況、に、ハ、マ、っ、た、し、ょ、や」

ひひっ、と八重歯を覗《のぞ》かせながらおかしそうに笑うアクマちゃん。

わけがわからなくて完全に止まっちゃったミーを放ったまま、アクマちゃんは歌うように語り始める。

「ああ、かわいそうな7番クンは、ラスボス感アリアリの九十九《カイチョー》クンに大好きなパパも自分のオシゴトも馬鹿にされて、すっかり自分を見失ってしまいました。怒りに囚われた7番クンは『九十九《つくも》殺《や》ったる同盟』を作ってやるぜと息巻いて、やさしーやさしー〝オトモダチ〟に内心お察しされながら奔走《ほんそう》します」

「……それ、って……」

「しかし伊達に天才してない7番クンは、パーフェクトな口説き文句で晶《イケメン》チャンと乃栄《オジョー》チャンをメロメロに。ところがどっこい、約束の日を目前にしていきなり計画がパー！　どころか、大事な大事な幼馴染《おさななじみ》までNTR《ネトラレ》て、気づけばキミらは二人ぼっち」

ミーは真っ白な頭のまんま、朗読劇を繰り広げるアクマちゃんをぼんやり眺めていた。

「7番クンは思ったでしょう。『憎しみに目が眩《くら》んだオレが悪いんだ』と。そしてこうも言ったでしょう。『環《たまき》はオレと一緒にいるべきじゃない』と」

なんで……。

なんで、それを、知ってるの……？

アクマちゃんは「えんえん」と泣き真似《まね》をして。

「こうして、二人のユージョーは脆《もろ》くも崩れ去るのでした。めでたしめでたしー――と、そういう筋書《ストーリー》きのはずだったんだケド」

ぴっ、と左手の人差し指でミーを指さして。

「まぁ、流石《さすが》にそこまでキレーにオチてないか。絶望の底って顔じゃないもんな、その感じ」

どうだい？　と。

まるでクイズ番組の答え合わせをするような気軽さで、アクマちゃんは笑った。


……。

——……。


あ、あぁ……。

やっと……。

やっと、わかっ、た。


「アクマ、ちゃん……」

「ハイハイ、なんですかー？」

「全部……」

ミーは未だに信じられない気持ちで、アクマちゃんを見て——。

「今回のこと、って……ぜんぶ、ぜんぶ、ア、ク、マ、ちゃ、ん、が、仕、組、ん、だ、こ、と、だったのかい……？」

アクマちゃんは、ニィッ、と八重歯を覗《のぞ》かせながら笑って――。

「ザッ、ツ、ライ。今回の一連の顛末《てんまつ》は、ぜーんぶウチが考えた物語《ストーリー》さ」

ぞくり――。

背筋に、寒気が走る。

今、直感で、わかった。

アクマちゃんは――。

たぶん、ミーなんかよりも、よっぽど。

――人、の、心、の、動、き、を、す、ご、く、深、い、と、こ、ろ、ま、で、わ、か、っ、て、る。

「ど、どうして……そんな、ことを……」

「まぁまぁ、そう結論を急ぐなって。種明かし、ってのは順番にやるもんさ」

全く悪気なんてないような顔で左手をふりふり横に振ると、アクマちゃんは続ける。

「もうキミはわかってるとは思うけど、さっきのハナシは全部ウチの頭ん中で考えたストーリーだよ。実際全部をこの目で見たわけじゃないし、ホントにそんなことがあったかどうかもところどころあてずっぽ」

そんなことのために完璧に調査《ストーカー》するなんてバカでもヘンタイでもないしねー、とけらけら笑うアクマちゃん。

「だがまぁ、天使チャンの反応でだいたい合ってることはわかった。ひひ、さすがはアクマちゃん、劇作家の才能がエグいわぁ」

ひっひっひ、と笑うアクマちゃん。

ミーはぐっちゃぐちゃな心と頭で、ただ頭に浮かんだことを口にする。

「で、でも……甲府で会ったのは、偶然だって」

「うん？」

「ミーたちに気を使ってくれて……成《せい》くんのハッピーも考えてくれて……」

「あー、わかったわかった。要はウチが、キ、ミ、ら、を、ハ、メ、よ、う、と、し、て、る、よ、う、に、は、見、え、な、か、っ、た、って言いたいワケね？」

答え合わせを楽しむように、アクマちゃんはノリノリで話し始める。

「確かにキミらと甲府で会ったのはツーリング中の偶然だったし、それはホントだとも言った。でもさぁ、そもそもホ、ン、ト、の、ホ、ン、ト、の、目、的、は、別、に、あ、る、とまでは言ってないしょや？」

「……っ」

ニィ、とアクマちゃんは笑って。

「ウチが甲府《アソコ》にいたのは最初から晶《イケメン》チャンに会って話すためだよ。キミら、晶《イケメン》チャンと舞《まい》鶴城《づるじょう》公園で会ったんだろ？　その時に他に約束がどうとか言ってなかった？」

言っていた。

確かに『次の約束までちょっと時間が空いたから』って。

「大船でも観光だけが目的じゃないって言ったしょや？　あれも乃栄《オジョー》ちゃんに凸《とつ》るため、ってのがメインの目的だよん」

そもそもツーリング《それ》だけが目的ならもっと走って気持ちいートコに行くし、とやれやれ顔で言うアクマちゃん。

「で、も、お仕事でもないって……」

「それも勝手な誤解だなー。ウチは現地調査だのビジネスだのよーわからんことはしない、って言っただけ。人と会ってコッソリ秘密のネタを提供するくらいのコトはするさ」

「秘密のネタ……？」

「そそ。具体的には――」

ニマァ、と。

口元を、歪《ゆが》めて。

「7番クンと九十九《カイチョー》クンの因縁的な話——とかね？」

「——っ！」

『ある御方から聞きました。真琴《まこと》さんは、九十九《つくも》さんと過去に因縁がおありのようですね』

あの時の、調布《ちょうふ》さんの言葉が蘇《よみがえ》る。

あぁ……だから。

「まぁ、晶《イケメン》チャンの方はほとんどハナシを聞いちゃくれなかったけど——それでも気づきのヒントにはなったっしょ」

奏《かなで》さんも、調布さんも。

成《せい》くんが心の奥底に抱えていた九十九さんへの感情《おもい》に気づいちゃって。

成くんの〝世界《おもい》〟を、誤解しちゃったんだ——。

「ひひひっ」

アクマちゃんは、心底楽しそうに両手を広げて。

「詐欺師《さぎ》は〝嘘《うそ》〟をつかないんだぜ。――真実を言わないコトはいっぱいあるけどな！」


あっはっは、と。

夜の闇に、高らかな笑い声が響く。

「そんなワケでー。キミらの大失敗の原因はアクマちゃんでしたー、と。そういうオハナシ《ネタバラシ》のために、こうしてお呼び立てしたってワケ」

これにて解決編終了、とパンパン手を叩《たた》くアクマちゃん。

「ねぇねぇ、辛かったっしょ？　悲しかったっしょ？」

「……ぅ」

「どうしてこんなことになっちゃったんだろう。こんなはずじゃなかったのに。みんなでハッピーになるはずだったのに。いったい何がいけないんだろう――そんな風に思ったはずだ」

「……っ」

「ああ、なんてかわいそうな天使チャンたち――あはは、ホントーにおもしろい悲劇だな！」

どさり、と。

お土産の袋が、床に落ちる。

──わからない。
わからない、わからない。

「……どう、して……」

「うん？」

ほんとうに、わからない。
だって、だって──。

「どうして……人が苦しんでるのが、楽しいなんて思えるの……？」

「──」

「アクマちゃんだってて……みんながハッピーなのが一番って、言ってたじゃん……！」

ミーには、わからない。
だってだって、みんなハッピーであることの方が、ぜったいぜったいにハッピーなのに。

苦しいことも、悲しいことも、全然ないほうが、ハッピーに決まってるのに。

なのに、なのに――。

「それも嘘じゃないって、ミーは思ったよ！　本気でそう言ってるって、はっきり思ったよ！」

「――」

「なのに、なのに、なんで……なんで、みんなを……あえて、傷つけるようなことを……っ！」

「簡単なことさ」

そんなミーの叫びを、真っ正面から受け止めて。

「キミらはな。みんなをハッピーにしよう、みんなで一緒にハッピーになろう――なんて考えてるから、こういうことになる」

そこで、ふと。

アクマちゃんは、その顔から笑みを消した。

「――みんなが自分のことだけ考えてりゃ、それだけで全員ハッピーになれるってのにな」

――。

――……え？

理解ができない答えと、その言葉に込められたすごく強い想いに気圧《けお》されて、ミーの思考は再び固まってしまう。

アクマちゃんはくるりと振り返って、夜闇に染まる街並みを眺めながら、再び口を開く。

「……人間ってのはさ。自分と他人を同じ価値に置くことができないイキモノなんだわ」

「え……」

アクマちゃんは、ちら、と目だけでこちらを見て。

「だって、自分と他人が傷つくのだったら、自分が傷つく方が嫌だろ？　アンタ邪魔だから死んでとか他人に言われて、はいはいオッケーさよーなら、なんて自殺したりしないしょや？」

「……」

「それはつまり、常に自分より優先順位が低い存在が他人ってもんでしょや」

そう、はっきり断言するアクマちゃん。

ミーは真っ白な頭のまんま、でも受け入れられない、って思って口を開く。

「で、でも……他の人が辛いのは、悲しいのは……自分だって辛いし悲しいよ……！」

「……」

「だから、助けてあげたくなるよ！　そうやって、お互い助け合って、それでハッピーになれたら……それが一番じゃん……！」

アクマちゃんは、ミーの問いに冷たい声で。

「それだって要は、自分が辛いのが嫌だから人を助けたくなるんだろ？」

「……！」

アクマちゃんは振り向いて、鋭い瞳でミーの目を見る。

「なんでも始まりは『自分がどうしたらハッピーか』ってコトなわけ。人に感謝されて承認欲求を満たしたいから、人助けしちゃうオレかっけーって自己満足に浸りたいから、自分は優しい人間だって納得したいから——ほら、全部自分のためでしょや？」

「……」

「自分になーんもいいコトないのに、他人の辛さだけ克服してあげようなんて思うコトなんかありえないんだわ。そんなん人間じゃなくてＡＩだ」

アクマちゃんは嫌そうに眉《まゆ》を歪《ゆが》めて続ける。

「だからさぁ。そこを誤解したまんま『みんなのハッピー目指して頑張ろー』みたいな考えで他人と関わり続けると、今回みたいに他人《ひと》のピンチに自分まで傷つくハメになっちゃうワケ」

「……」

キッ、とミーの目を睨《にら》むように見て、アクマちゃんは言う。

「それは関わる他人が増えれば増えるほど、関係が深くなればなるほどキツくなる。強制的にシェアされる悲しみの数もどんどん増えていくんだ」

「で、でもっ……！　その分――」

「『楽しいことも嬉しいこともある』ってか？」

ミーの思考を先読みして「ハハッ」と嘲笑《あざわら》うように。

「だとしても、悲しみをゼロにはできないっしょ。自分の中にそういうネガティブな感情がひとかけらでもあるんだとしたら、いったいそれのどこが一、番の〝ハッピー〟なんだろーな？」

「っ……っ……」

へん、とアクマちゃんは鼻を鳴らすと。

「一番の〝ハッピー〟ってのは、ア、ン、ハ、ッ、ピ、ー、が、一、切、な、い、ことでしょや。『楽しいのも悲しいのも両方あるよ』ってコトよか『楽しいしかないよ』ってコトのが、絶対にハッピー度高いし」

「……」

ミーはもう、何も言えなくて。

ぽーっとアクマちゃんの顔を見たまんま、黙り込んでしまう。

そこでアクマちゃんは、ニィッ、といつもの笑みに戻ると。

「とゆーワケで、今日はトクベツに！　キミにも『楽しいことしかない〝世界〟』ってヤツを体感するコツを教えてあげよう！」

そして――。

とんでもないことを、言い始めた。

「それは、どこまでいっても自分以下にしかならない他人ってヤツをね――。全部、自分にとっての娯楽にしちゃえばいいんだよ！」

――……、あ、え？

「ご、らく……？」

「そーそ」

アクマちゃんは本当に楽しげに、両手をぱっと開く。

「自分以外の他人は、すべて娯楽の嗜好品《しこうひん》。つまり『いろんな物語《ストーリー》に登場するキャラクター』ってコトにしちゃえばいいのさ」

――。

「要は映画とおんなじってワケ。キャラがおもろい動きを見せたら拍手して褒《ほ》め称えてあげるし、辛い想いをしたら涙を流して悲しんであげる。んでもそれは、一歩映画館を出たら『いやーいい映画だったねー』でオシマイじゃん?」

「……」

「時には監督や、演出家を気取るのもいい。他人《キャラ》を使って自分の手で最高の物語《ストーリー》が描けたら、そりゃもう有頂天だ」

今回みたいにな、とニンマリ笑って、アクマちゃんは続ける。

「だからウチは、いつでも自分が楽しめるかどうかしか考えてませーん! おもろそうなら首突っ込むし、つまんなそーなら全スルー」

「……」

「今回は、キミらが〝ハッピー〟からあまりに遠くて不憫に思えたから、ちょいちょいその考え方間違ってますよー、ってのを身を持って経験させてあげるために奮闘したってワケだ」

うーんアクマちゃん優しすぎ、とケタケタ笑う。

「だから、いけそうなラインで一番キッツイ状況に誘導してやったのね。『たくさんの他人と協力して仲良しハッピー!』なんて間違えたコト考えてるとこうなりますよ、って」

「……」

……わか、らない。

「ま、それも結局、うまくいこーがいかなかろーがどーでもよかったけどね。ウチはキミらがシナリオ通りに右往左往《うおうさおう》してるの見てるだけでけっこー笑えたから」

わからない。

わからない、わからない。

どれだけ説明されても。もっともらしい理屈で話されても。

どうして人が苦しんで、悲しんでる姿を見て、それを楽しく思えるのか……。

全然、全然、わからない。

「……そん、な……そんな、〝世界〟が……」

「うん？」

ミーはきゅっと強く唇を結んで、アクマちゃんの目をキッ、と見返した。

「そんな〝世界〟は——ぜったい、絶対に、一番ハッピーな〝世界〟じゃないよ……っ！」

「ほぅ？」

アクマちゃんは腕を組んでミーを見返してくる。

「だって、そんなの、そんなの、ぜったい変だよ……！　みんながみんな、人のことをおもちゃみたいに考えればいいなんて！」

「——」

「そんな〝世界〟、ぜったいにダメだよ！　ぜったいに作っちゃダメだよ！」

「だからWBF《ココ》にいるんじゃん」

「っ——！」

アクマちゃんは当然、って顔で。

「だってWBFは『〝世界〟を変えたい若者募集』——ってのがお題目でしょや？」

体に痺《しび》れるような衝撃が走る。

そうか——。

だからアクマちゃん、は。

「そんな〝世界〟がありえないってんなら——。

そういう〝世界〟に描き替えてやればいいだけの話なんだからさぁ！」

そう、高らかに。

闇夜に目を暗く輝かせながら、宣言した。

「まー、しょーじき面倒ではあるし、途中で飽きそーな気がしないでもなかったけど……思ったよりおもろそーな他人《オモチャ》がいっぱいでウチはウキウキだ」

「……」

「当然自分が楽しめるかどうかが大前提だけど、ウチってばこう見えてヤサシーからさ？　キミらみたいに、ちゃーんとみんなに本当の〝ハッピー〟を教えてやろっかな、って。ひひ、言わばシュミっていうヤツさ」

言ってからアクマちゃんはスタスタ歩いてこちらにやってきて、通り過ぎ様に床に落としてしまったお土産袋をひょいと拾う。

「貢物《おみやげ》さんきゅー、天使チャン。——これでキミも、真なる〝ハッピー〟に近づいてくれることを願ってるぜ」

オハナシ以上！　と。

まるで動けないでいるミーを置いて、アクマちゃんは独り、軽やかな足取りで去っていった。

×　×　×

「…………」

ミーはしばらくその場から動けず、ただぼんやりとアクマちゃんのいなくなった場所で佇《たたず》んでいた。

体はじわっと汗ばんでいて、まとわりつく湿気がすごく気持ち悪い。

今すぐシャワーを浴びて、全部洗い流してしまいたかった。

あぁ……。

こんな風に、思ったのは……初めてかもしれない。

「……アクマ、ちゃん」

アクマちゃんの言ったことは、ミーが今まで触れたことのない、全くわからないものだった。

それを本当に〝ハッピー〟というのかも。

その〝ハッピー〟を、認めていいのかも。

ほんとうに……ほんとうに、わからなかった。

――。

――……。

「……でも……」

でも、ミーは。
知って、い、る、ことがある。
「ミ、ー、の、島は……」
だれもが〝友達〟とか、家族みたいに仲良しで。
お互いがお互いのことを思い合って、支え合って、喧嘩《けんか》とか衝突なんて滅多になくて。
そうやって、みんなで作り上げられていた〝世界〟が――。
「一番〝ハッピー〟なところ……だったんだよ」
そうだ……。
ミーは、その〝世界《じじつ》〟を、知っているから。
それこそがいちばんの〝世界《ハッピー》〟だって、信じているから。
――。

——あぁ、そっか——。

「——『〝ビジネス〟は、〝世界〟を描き替えるツールだ』」

成《せい》くんに教えてもらった、その言葉が。

ミーの心の奥で、やっと——。

太陽に向いて咲く向日葵《ひまわり》のように、ぱっと花開いた。

第五章　芽生えた〝世界〟のカタチ――His and Her Business Plans.

1 Side:環伊那　リバース・アイランド

―東京・品川〈SHINE《シャイン》本社ビル・社長室〉―


「――やぁ。久しぶりだね、環《たまき》君」

「――はい。お久しぶりです」


次の週の月曜日。

梅雨の中晴れの日の、お昼過ぎ。

サンサンと陽が差し込む社長室で、ミーは奏《かなで》さんと向かい合って座っていた。

「急に連絡があるから何かと思ったよ。ちょうど東京にいる時でよかった」

「ごめんなさい、突然会いたいなんて言っちゃって……」

「はは、あたしもよくやることだ。気にしないで」

奏さんは、以前交換した名刺のアドレスに連絡をしたら、すぐに返事を返してくれた。

忙しい人だって聞いてたから、最悪、宇室《このまえ》さんみたいに飛び込み営業しようとか考えてたけど、そうならなくてよかった。あれって、ほんといろんな人に迷惑かけちゃうもん。

奏さんはガムシロップを２つも入れた甘々アイスミルクティーを飲みながら、風のような爽《さわ》やかな声で言う。

「それで、今日は何の用件かな？」

その言葉に、ごくり、と唾《つば》を飲み込む。

——今回のこれは、完全にミー一人の考えでやってきたものだ。

成《せい》くんに事情《アクマちゃんのこと》だけは伝えているけど、いつもみたいなアドバイスもなければ、営業資料なんてものもない。

ただ、ミーだけ。

ありのままのミーだけが、今日の商談の武器だ。

「……前にミーのこと、傘下《グループ》に入らないか、って誘ってくれたこと覚えてますか？」

そう切り出すと、奏さんはにっと笑って答えた。

「ああ、もちろんだとも。なんだい、もしかしてその相談かな？」

「えっと、ごめんなさい。そういうわけじゃないんです」

ふむ？　と奏《かなで》さんは不思議そうな顔になる。

ミーはゆっくりと話し始める。

「その時に奏さんは『君には何かある』って言ってくれましたよね？　『大海原のような、とても広大な何かが』って」

「うん、言ったね」

「それって、今も変わりませんか？」

じっ、と奏さんの目を見てそう尋ねた。

そんなミーの瞳を、奏さんはじっと見返して、しばらくしてから言う。

「……そうだね、その印象は変わってない」

でも、と。

「どうしてだろう。前に比べて、はっきりと見えるような気がするな？」

そう興味深げに答えてくれた。


——ミーは考えた。

奏さんの言う『大海原のような、とても広大な何か』ってなんだろう、って。

ミーは基本ぽんこつで、ビジネスなんて何一つやったことのない、最近までのほほんと普通に高校生《JK》やってただけのど素人だ。

できることなんて全然ないし、得意なことだって何もないし、当然ビジネスの知識もない。そんなちっちゃくて窮屈なはずのミーが、どうしてどこまでも果てしなく続く海みたいに広く見えたんだろう、って。

成《せい》くんや銀ちゃんママが言ってくれるように、『人を見る目』っていうのがあるから？

だれかを説得できる、営業力っていうのがあるから？

――ううん。

そうじゃない、と思う。

「この前、調布《ちょうふ》さんに言われたんです。ミーが作りたい『〝世界《しあわせ》〟の形がわからない』って」

「へぇ……」

「ミーは答えられませんでした。だってミーが知ってるのは、自分が生まれ育った〝世界《しま》〟のことだけだから」

「……」

「でも――」

そう、でも――。

「生まれ育った〝世界《しま》〟のことなら、よく知ってるんです」

――そうだ。


ミーは、ミーたちの島が、いっちばん〝ハッピー〟な場所だ、って確信してる。

みんな仲良しで、お互いがお互いのことを思い合って、助け合って、生きている場所。

足りないものはたくさんあるかもしれないけど、それでもみんな毎日を〝ハッピー〟に生きている場所。

それは、それだけは、ずっとずっと昔から思っていたことで、ミーの中で一番深いところにある想いの核だ。

だからミーは、それがなくなっちゃうのが絶対に嫌だった。

こんなに素敵なところなのに、みんなで〝ハッピー〟でいられる居場所《ところ》なのに、なんでなくなっちゃうの、って。すっごくすっごく悲しかった。

だからミーは、ＷＢＦにやってきたんだ。

〝世界〟を、変えるために。


――つまりそれって、ミーの中に答えはちゃんとあったってこと。

ただそれがはっきりと見えていなかっただけ。言葉にすることができなかっただけ。
それをこの前、アクマちゃんと話したことで――。
やっと自覚することができた。

「だから――」

だから、ミーが。
本当に形にしたい〝世界《みらい》〟の形っていうのは――。

「〝ビジネス〟の力で――ミ、ー、た、ち、の島を、〝世、界、〟に、し、ま、す、」

みんなが一番ハッピーでいられる〝世界《しま》〟を、おっきなおっきな〝世界《しま》〟へ。
ただ、ミーの〝島《うちがわ》〟にあった〝ハッピー〟を――。
〝世界《そとがわ》〟に、ひっくり返すだけのことだったんだ。

「〝世界〟中のたくさんの人が、〝友達〟みたいに仲良しで」

「……」

「お互いがお互いのことを認め合って。持ってるすっごい力を出し合って協力して」

「…………」

「みんながみんなを幸せにできる、みんなとみんなで幸せになれる——」

「……」

「そういうでっかい〝世界《しま》〟を——作りたいんだ、って」


たぶんそれが、ミーたちの島がすっごくいいところなんだって証明する、一番の解決策。

狭くて小さな島の〝ハッピー〟を、広くて大きな〝世界《しま》〟の〝ハッピー〟にしちゃうこと。

それがWBFで——。
世界を変える〝ビジネス〟の力で。
ミーが実現すべき——。

〝世界《しあわせ》〟の形、だ。

「だからミーは、成《せい》くんに助けてもらってるんです。成くんは他の人の〝ビジネス〟を助けて、みんなの〝ビジネス〟を実現するのが、一番のハッピーに繋《つな》がるって信じてるから」

「……」

「その考えは、ミーが思う〝世界《しあわせ》〟にいちばん近い。だから──成くんの実現したい〝世界〟も、すっごく広くておっきいものなはずなんです」

「………」

「だから、信じてください。お願いします」

そう言って、ミーは頭を下げた。

途中から、自分でも何を言ってるのかよくわからなかったけど……言いたかったことは言えた、と思う。

もしかしたらこれが、奏《かなで》さんの言う無意識で話すってことなのかもしれない。

「……」

「え、えっと……ミーが言いたいのはそんな感じ、です？」

ふとそこで我に返り、さっきからずっと奏さんが黙ったままでいることに気づいた。

はっ……ていうかミー、途中から完全に奏さんのこと置いてけぼりで好き勝手話しちゃってないかいっ⁉

「ご、ごめんなさいっ！　一方的に話しちゃって……！」

ど、どうしよう。呆《あき》れられちゃってないかな？

ミーは顔を上げて、恐る恐る奏さんを見る。

すると奏さんは、お腹を抱えるようにしてふるふると震《ふる》えていた。

わっ！　お、怒ってる……!?

「ご、ごめんなさっ――」

「――ははっ」

「えっ……？」

「あはははははははははははっ！」

ばっ、と。

跳ね上げるように顔を上げた奏さんは、すっごい大笑いしていた。

「えっ、えっ？」

「あははっ、あははははっ！　いやいや〝世界〟を島にするか――ははは！」

ミーはびっくりして、思わず目をパチパチとさせる。

お、おおぅ……？　ミー、そんなおもしろいこと言ったのかい……？

声を上げて笑った後もくつくつと体を揺らしながら「あー、おかしい」と呟《つぶや》く奏《かなで》さん。

「いったい何が飛び出してくるのかと思ったら……こんなとんでも発言だとはね」

「と、とんでもですか……？」

「いやいや、だってさ」

奏さんは目に滲《にじ》んだ涙を拭いながら——。


「——君。それは、世界平和の願いだってわかっているかい？」

——え？


「そ、そーなんですか……？」

「ははっ、やっぱり無自覚か！　いやいや、恐れ入ったよ！」

ぱんぱん、と愉快そうに手を叩《たた》き、奏さんは続ける。

「今回の3分の1は当たったな。君はまさしく〝世界〟を包む大洋のような存在だ」

ふぅー、と呼吸を整えた奏さんは、にいっ、と楽しげに言う。

「これは傘下《グループ》に収まるサイズじゃないな。入れたが最後、内側から溺《おぼ》れさせられちゃいそうだ」

「あ、あの……？」

「だけど、先行投資はしておくべきだろうね。君の想い描く〝世界〟はきっと、あたしの見たい〝世界〟の土台になってくれそうだ」

「え、えっと……」

「……うん。踊らされる方も性に合わないし、ちょうどいいかな」

とかなんとか、よくわからないことを言ってから、奏さんは立ち上がった。

そして、夏の日差しの差し込む窓辺に立つと――。


「――君たちを助けよう。

ちょうど経営に精通した人と、社内稟議《りんぎ》を押し通せるパワーがある人が欲しかったんだよね」

どこまでも続く大空のように、清々《すがすが》しく澄み渡る顔で、笑った。

1 Interlude 結果発表

ＷＢＦ『第一必須課題』〈未来型都市開発モデルの提言〉
期間満了日となる8月10日に発表された結果は、多大な衝撃を〈育英生〉たちに齎《もたら》した。

――〈ＢＩＧ《ビッグ》・7《セブン》〉ナンバー・7、真琴成《まことせい》の〈自己株〉評価額加算ゼロ――

大小様々ながら、誰もが成果を出し〈自己株〉時価総額を上げた一方、彼の加算ゼロという結果は、ランキングにも大きな変動を与えた。
真琴成の〈自己株〉時価総額は『1100億円』のまま変わらずだが、下位順位のメンバーの時価総額上昇によって彼のランキング順位は『14位』にまで転落。〈成功請負人〉の名に、初めて泥を塗る結果となった。
早々に〈ＢＩＧ・7〉の一角が落ちたという事実に、驚き慄《おのの》く者もいれば、喜び沸き立つ者もおり、当然とばかりに動じぬ者もいた。

そして新たに〈ＢＩＧ・７〉となった者を加えた上位陣の時価総額と成果は次の通りである。

ナンバー・１〈九十九弥彦《つくもやひこ》〉『時価総額：１兆３０００億円（＋３０００億）』
対象都市：４都市全て
認定成果：完全循環型ゼロエミッション都市構想（ＡＺＣ構想）の主導・統括

ナンバー・２〈奏晶《かなであきら》〉『時価総額：９５００億円（＋１５００億）』
対象都市：山梨・甲府市
認定成果：エネルギー完全自給型スマートシティ構想の提言

ナンバー・３〈新田輝一《にったきいち》〉『時価総額：７０００億円（＋５００億）』
対象都市：千葉・習志野市
認定成果：ＡＺＣ構想における最新型自動運転式水素エンジンバスの導入提言

ナンバー・４〈調布乃栄《ちょうふのえ》〉『時価総額：６５００億円（＋３３００億）』
対象都市：神奈川：鎌倉市
認定成果：未来的歴史都市『ニュー・オールドカマクラ』構想の提言

ナンバー・5〈久留里朋也《くるりともや》〉『時価総額：4100億円（＋100億）』
対象都市：茨城・つくば市
認定成果：AZC構想における産官学共同環境技術開発者派遣会社の設立
ナンバー・6〈唯村阿久麻《ただむらあくま》〉『時価総額：3000億円（＋1000億）』
対象都市：なし
認定成果：他育成生企業への先進都市開発投資商品の開発と資金提供（予算規模1兆円）
ナンバー・7〈七井文緒《なないふみお》〉『時価総額：2200億（＋1270億）』
対象都市：4都市全て
認定成果：AZC構想における無人コンビニチェーンシステムの導入

都市開発の大家《たいか》であり、大島《おおしま》兄妹の力をも借りた調布乃栄《ちょうふのえ》は大きな成果を示し、その順位を一つ上げナンバー・4に。

そして新たなるナンバー・7には、〈コンビニ業界の女王〉として名高い七井文緒がランクインすることとなった。

しかし、今まで動向がわからずにいた〈エンジンの魔術師〉新田輝一《にったきいち》、〈人財王〉久留里朋也と、新たにナンバー入りした七井文緒。そのいずれもが、九十九弥彦《つくもやひこ》のAZC構想に参画していたことはさらなるバッドニュースであり、成《せい》たちに衝撃を与えた。

奏晶《かなであきら》、唯村阿久麻のスタンスは不明ではあるものの、調布乃栄は明確に九十九グループとの対立を避ける発言をしている。

とすれば、もはや〈BIG《ビッグ》・7《セブン》〉ですら九十九を筆頭とした〈現体制派〉が過半を占める結果になってしまったと見るべきであろう。

その他、下位の〈育英生〉も時価総額を大きく伸ばしたのは九十九陣営が大半であり――。

ランキングは、まさしく今の〝世界〟を象徴するようなものへと変貌《へんぼう》したのであった。

2 Side:真琴成　千里の道も一歩から

――東京・六本木〈椿家珈琲《つばきやコーヒー》　六本木茶房〉――

「――こりゃもう、一から戦略《プラン》の練り直しだな」

「うん……そうだね」

ＷＢＦ本部での結果発表会を終えて、オレと環《たまき》はいつものカフェで一息ついていた。ちょうど昼時だからか、店内はそこそこ混み合っている。

環の〈自己株〉は僅《わず》かに時価総額を上げ『２００億』になった。

奏《かなで》さんへの協業の商談を成功させ、〈ＳＨＩＮＥ《シャイン》〉の社内会議に外部協力者として参加して、見事稟議《りんぎ》を押し通した功績が多少評価されたらしい。

だが順位は『20位』に下落。つまり最下位だ。

「いきなり大同盟を組んで真っ向戦おう、なんて考えがそもそも間違ってた。特に今回みてーな不得意分野で、分不相応な成果を出そうとした結果がコレだ」

「成《せい》くん……」

「その上、あんだけ目が曇ってりゃ……そりゃボロクソになるのも無理はねーさ」

いつか陸《りく》に言われた通り、オレは焦《あせ》っていたんだろう。とにかく一刻も早く、九十九《つくも》たちが幅を利かせている今の〝世界《アイツ》〟を変えてやりたいと、逸《はや》っていたんだ。

そして運悪く最初に九十九に出会って、唯村《ただむら》に見抜かれ、挑発じみたことを言われて……すっかり自分を見失っちまった。挙げ句それを唯村に見抜かれ、いいように踊らされた。

何から何まで自業自得《じごうじとく》、ってヤツだ。

――。

――……だが。

「――いきなり王を狙《ねら》い打つのは、もうやめだ」


あの日、雨の日。新宿で。

環に、言われた通り。


「オレの〝ビジネス〟は……他人の〝ビジネス〟をサポートし、成長させること」

「……」

「だから――きっとその中でしか、真の〝ビジネスパートナー〟は見つけられねーんだよな」

「……！」


オレは〝世界《九十九》〟が許せない。それは今でも変わっていない。

だが〝世界《ラスボス》〟と真っ向から戦うのは、もっと先だ。

「オレはこれから、他の育英生の〝ビジネス〟を一人一人サポートしていこうと思う」

「……っ！　うん！」

「色んな〈未解決課題〉に参加して成果を上げつつ、そこで関わった育英生から信用を勝ち得て……陸《りく》や京《きょう》、それにアンタみたいな、信頼できる〝仲間〟たちを、作っていこうと思う」


千里の道も一歩から。

地道な積み重ねなく儲《もう》かるビジネスなんてものは、どこにもないのだから。


「九十九《アイツ》はもう、オレのことなんて完全に眼中にねー。現時点であんだけ圧倒的な時価総額を叩《たた》き出して、しかも上位には自陣営の人間だらけ。今後は過度なリスクを取らず、守りに入るはずだ」


現状を鑑みるに、九十九《つくも》自身が積極的な行動を起こす必要性は薄い。

無駄を嫌うヤツの性格も相まって、しばらくは『必須課題』にしか顔を出さないはずだ。

「だから、そうやってヤツが玉座でふんぞり返ってるうちに、足元から九十九陣営を切り崩していく」

そんなヤツに付け入る隙があるとしたら、それは『任意課題』だ。

参加必須ではない『任意課題』には、余裕のない下位の連中が多く参加するはず。

そこにオレたちも参加して、着実に他の育英生を〝仲間〟にしていく。

「そうすれば最後にはきっと――全員と協力して、新しい〝世界〟を描けるようになるはずだ」

そこまで話してから息を吸い、オレは真面目《まじめ》な顔で環《たまき》に向き直る。

「つーわけで、そんな回りくどいやり方にはなっちまうが……引き続き、協力してくれるか？」

オレのその問いに、環は――。

「はいっ！　もちろんですっ！」

そう、即答してくれた。

オレは、ふっと小さく笑ってからブレンドを口元まで持っていき、そこでピタリと止めて。

「……、それと」

「うん？」

「今回は……アンタに、助けられた」

「……あ」

「だから、その……あ、り、が、と、う、な」


と、そう言って。

なんとも面映《おもは》ゆい気分を、コーヒーの苦味で一気に押し流した。

そんなオレの発言に、パァァァァ、とものすごい勢いで顔を明るくした環《たまき》は――。


「――どういたしましてっ！　〝ビジネスパートナー〟だもん、助け合うのは当たり前だよっ」

まるで夏の太陽のように、輝かしく笑ったのだった。

「……ふん」

全く本当に、オレは……。

〝ビジネスパートナー〟に、恵まれたな。

――ちりん、ちりん。

ふと、店のドアベルが鳴る。

見れば、昼食の約束をしていたもう二人――大島《おおしま》兄妹が、店内に入ってきていた。

「成《せい》よぉ……」

「……今回は、その……」

そしてオレたちの席にやってくるなり、いきなり沈鬱《ちんうつ》な顔でそう切り出してくる。

――二人は調布《ちょうふ》さんとの業務提携によって着実な成果を上げ、順当に評価を上げた。

傾斜地土木のシミュレーションで貢献の大きかった陸《りく》は、時価総額『1500億』で『10位』に。京《きょう》は鎌倉風の和モダン住宅のコスト削減の成果で時価総額『1300億』で『12位』となった。

てなわけで、今じゃオレよりも格上だな。

オレはまるで葬式みてーな顔をした二人に、わざとらしく「ハァー……」と盛大なため息をついて。

「このアホ兄妹。何を勝手にウサギ面《づら》してやがる」

「「う、ウサギ面……？」」

オレは、ハン、と鼻を鳴らしてから言う。

「忘れたかよ。オレは昔っから、コツコツ着実に経験を積み上げてくタイプなんだよ」

「「……！」」

「せいぜいお前らは先に行って昼寝でもしてろ。起きた時にゃ、もうゴールはオレのモンだ」

にやり、とわざとらしく口角を上げて笑ってから、再びコーヒーを口に運ぶ。

ぽかんとしていた環《たまき》が「……あっ」と声を上げて、ポン、と手を叩《たた》く。

「うさぎと亀、だね！」

にぱっ、と悪気なく笑う環。

……そういうのは口に出して言うんじゃねーよ。なんか恥ずいだろうが。

陸《りく》と京《きょう》は顔を見合わせてから、ぷっ、と吹き出すように笑って。

「がははっ！　そうだそうだ、そういやお前、昔っからトロくせーヤツだったモンなぁ！」

「……例え話が小学生で草」

そういつもの調子に戻った二人を見て、オレはやれやれと首を振った。

ったく……本当に甘ったれの幼馴染《おさななじみ》たちだ。

「ほらほらっ、二人とも座って座ってー！　ここね、ビーフシチューがおいしいんだよ！」

「がはは、じゃあガッツリ昼飯でも食うかぁ！」

「……私はハヤシライス気になる」

底抜けに明るい環に促されて、それぞれオレたちと同じ席に着いた二人。

――今回は不覚を取ったが。

決してオレは、諦めるつもりはない。

かつてオヤジが夢を見て、オレが受け継いだ――。

……。

――……いや。

オレたち、自身が、描き出す、新しい〝世界《みらい》〟のために。

1 Side:環伊那 ハッピーVSハッピー

―東京・国分寺〈ゼレオ国分寺9F・アウトドアガーデン〉―

今日は正真正銘《しょうしんしょうめい》、真夏の夜の東京。
でもこの前とは違い清々《すがすが》しい風が吹いていて、蒸し暑さが和らいでいるアウトドアガーデン。
その、この前と全く同じ場所で――。

「いやはや、やってくれたね――天使チャン」

ミーは、アクマちゃんと相対して立っていた。

「晶《イケメン》チャンとここに話持ってったの、キミだろ？　さすがは〝人殺しの天使〟なだけあって、あのスーパー自由人まで口説き落としちゃった、と」

やれやれ、とアクマちゃんは呆《あき》れたように両手を上げる。

「まっ、今回は初回だし、この程度で手打ちにしときましょーか。ショージキ、一番へし折れなそうなのが天使チャンだとは思ってたしねー」

「……アクマちゃん」

なんせ、と。

アクマちゃんは、ミーの正面で目を暗く輝かせ。

「キミが理想とする〝世界〟は——きっとウチと真逆だ」

ウチが目指すのは『みんなが、一人一人ハッピーでいればいい〝世界〟』

天使チャンが目指すのは『みんなで、一緒にハッピーになれる〝世界〟』

……でしょや？」

「……うん。そうだよ」

ミーはその目を、じっと真正面から見つめながら答える。

「それが一番のハッピーだって、ミーはもう知ってるから」

「ハッ。そんななまら狭臭いド田舎なジョーシキが〝世界〟のジョーシキであってたまるかっつーの」

アクマちゃんは心底嫌そうな顔で、わずかに怒りを滲《にじ》ませながら――。

「他人と一緒が前提のハッピーな〝世界《ばしょ》〟なんて……そんなおぞましい〝世界《みらい》〟はいらねーよ」

「――……」


そしてすぐに、いつものニヤッとした顔に戻って言う。


「だからウチは、キミが大嫌いで、大好きだ。

必ずその〝世界《ゆめ》〟がぶち壊れるような筋書《シナリオ》きを組んでやろう。そして最後の最後に『ネッ、ウチが正しかったっしょ?』って笑って言ってやろうって、今決めた」

そう言ってアクマちゃんは足を踏み出して、スタスタとミーの横を通り過ぎていく。

そうして、去り際に――。

「したっけ、せいぜいウチを愉しませてくれたまえよ――〝オトモダチ《たにん》〟代表」

そんな言葉を残して、ミーの前から姿を消した。

ひゅう、とミーだけになったアウトドアガーデンに、再び風が吹く。

「アクマちゃん……」

ミーは雲一つない空を見上げながら――。

「ミーは、そんなアクマちゃんとも。

ぜったい、ぜったいに――仲良しの〝友達〟になるから、ね」

そう、ハッキリと。

満天の星に、宣誓した。

2 Interlude 〝皇帝〟と〝ビースト〟

—東京・丸の内〈九十九《つくも》ホールディングス株式会社本 本社ビル・社長室〉—

「——ま、ってな感じが今回の全貌《ぜんぼう》だよん。ほーら、だいたい最初にエ、レ、ベ、ー、タ、ー、の、中、で、言ったケーカク通りになったでしょや?」

「——」

東京の中心、九十九財閥の総本山とも揶揄《やゆ》される〈丸の内〉。

駅前一等地に鎮座する高層ビルの最上階。『社長室』とプレートの掲げられた、歴史を感じさせる重厚な作りの室内に、アポなしで突然訪れた唯村阿久麻《ただむらあくま》の、全てを嘲笑《あざわら》うかのごとき声が響く。

「キミが『好きにしろ』って答えた結果がコレさ。まぁ、それしか言わないせいで、だいぶアクマちゃんのシュミに偏った筋書《オハナシ》きになっちゃったけどねー」

「——」

社長席に座す、その部屋の主。

後ろの壁の中央には、金色に輝く『九十九《つくも》グループ』の文字。そしてその周囲に数え切れないほどのグループ企業の企業ロゴを背負い、真っ白なスーツに身を包んだその男。

九十九弥彦《やひこ》は、まるで感情を感じさせない顔のまま、黙して語らない。

「でもま、なんやかやキミの本心に沿った演目にはなったんじゃね？　一番の危険分子を真っ先に排除できて、他の〈BIG《ビッグ》・7《セブン》〉もだいたい抑えられて、だいぶ楽になったでしょや？」

「――」

「それに、かつてのライバルクンをボッコボコにできて、少しは溜飲《りゅういん》も下がったかな？」

「――」


九十九弥彦は語らない。答えない。

光を宿さぬ瞳のまま、重々しくその場で腕を組んでいる。

「したっけ約束通り、ウチの今後にはしばらくフカンショーでお願いしますよー。さすがに今オタクに本気でぶっ潰《つぶ》しにこられちゃあ、流石《さすが》のアクマちゃんも泣いちゃうかもだ」

「――」

「というワケでよろしくどうぞ。これにてシツレーしまーす」

そう一方的に話し切って、唯村《ただむら》は振り返って歩き始めた。

そしてこの段にきて、ようやく——。

「——我欲のみで生きる〝獣〟か」

九十九弥彦は、聞く者全てを平伏させるかのごとき重圧を宿した声で言う。

「まさしく〝悪魔《アクマ》〟の名に相応《ふさわ》しい振る舞いだ。貴様のような〝人間〟でも〝部品〟でもない異物は、俺の〝世界《くに》〟に必要ない」

「——ひひっ。だろうねぇ？」

唯村阿久麻《あくま》は立ち止まり、顔だけ振り返って楽しそうに答えた。

九十九弥彦は組んだ腕を解《ほど》くと、三つ指で眼鏡を直し、深い深い闇を宿した瞳で唯村を睥睨《へいげい》して。

「最後には必ず消す。それまで勝手に一人遊びに興じているがいい」

「アッハハハッ！　〝皇帝〟サマの仰せのままにー、ってな！」

唯村阿久麻《ただむらあくま》は、その完全なる排除宣告をまるで気にした風もなく笑い飛ばし、手をひらひらとさせながら再び歩き始めた。

そして、社長室からの去り際に——。

「——にしても〝獣《ビースト》〟ってのはなかなかカッコいいじゃん。今後はそう名乗ろうじゃないか」

ニィッ、と。

まさしく〝獣〟のごとく鋭い犬歯を覗《のぞ》かせ、去っていった。


——いくつもの〝世界〟が、動き始める。

その形も、訪れる未来《こうふく》も、まるで異なる数多《あまた》の〝世界〟が。

描かれる〝世界〟がいずれのものになるか——今はまだ、誰もわからない。


（第二巻　了）

〈自己株〉時価総額ランキング

No	名前	時価総額(億円)	増減額(億円)	会社名
1	九十九《つくも》 弥彦《やひこ》	13,000	+3,000	九十九ホールディングス株式会社
2	奏《かなで》 晶《あきら》	9,500	+1,500	SHINE Corp.
3	新田《にったた》 輝一《きいち》	7,000	+500	ニッタ自動車株式会社
4	調布《ちょうふ》 乃栄《のえ》	6,500	+3,300	株式会社 西京エタニア
5	久留里《くるり》 朋也《ともや》	4,200	+200	株式会社 ヒューマネルギー
6	唯村《ただむら》 阿久麻《あくま》	3,000	+1,000	株式会社 ハッピー・ハッピー
7	七井《なない》 文緒《ふみお》	2,200	+1,270	株式会社 トゥエンティフォー&エイト
8	月原《つきはら》 美晴《みはる》	1,800	+1,100	月原リゾート株式会社
9	旭《あさひ》 博光《ひろみつ》	1,650	+670	株式会社 旭報堂通信社
10	大島《おおしま》 陸《りく》	1,500	+780	株式会社 大島土建
11	扶桑《ふそう》 将臣《まさおみ》	1,350	+550	シロクマホールディングス株式会社
12	大島《おおしま》 京《きょう》	1,300	+650	株式会社 大島ハウス
13	稲瓦《いながわら》 源《げん》	1,200	+900	株式会社 東都エナジー
14	真琴《まこと》 成《せい》	1,100	±0	Makoto&Company,Inc.
15	猫又《ねこまた》 デイジー	1,000	+100	ウェスタンパーク株式会社
16	住吉《すみよし》 珠子《たまこ》	800	+600	株式会社三信IBCネット銀行
17	真早流《まさる》 妃沙希《きさき》	550	+50	MULFUS,Ltd.
18	才場《さいば》 進之介《しんのすけ》	470	+50	株式会社 電帝
19	日村《ひむら》 幸太《こうた》	250	+155	株式会社 日村製作所
20	環《たまき》 伊那《いな》	200	+70	株式会社 島はいーとこいちどはおいで

あとがき

2か月ぶりのこんにちは!! 著者近影が空飛ぶナメクジな初鹿野《はじかの》です!

前巻の宣言通り、超スピードで続刊出しました!! 1巻で三途《さんず》の川往復トレーニングをしたせいか、今回は自分でも驚く驚異的な執筆スピードで書き切ることができちゃいました。生き返るたびにパワーアップする戦闘民族スーパーナメク人《じん》。それが初鹿野(色々間違ってる)。

ちなみにこのあとがきですが、2巻執筆のタイミング的に1巻発売前に書いてたりします。なので評判とか売れ行きとか全く未知の状態なので、内心ビビリまくってます。

いったいこのあとがきを何人の方が読んでくれているのだろうか……『実質2巻までがプロローグだ! だからセットで買ってネ!』って営業《ダイマ》したから、きっとたくさんいるはず……いやしかし……(以下無限ループ)。新シリーズで続刊が早いとこういうチグハグ現象が起こるんだな、と学んだナメクジであった。

さらに言えば、告知できることも少ない! もしかしたら『重版しました!』とか『コミカライズ決定!』とか『アニメ化企画進行中!』とかイキれたかもしれないのに! (自信過剰)なので申し訳ないのですが、その手の告知はTwitter公式アカウント(@kanobiji_info)か、初鹿野の個人アカウント(@hajikano_so)をご覧ください。もしかしたら色んな告知で盛り上がってるかもしれません。盛り上がってるといいな。盛り上がっててくださいお願いします。

とはいえ、折角2巻までご購入いただいた読者様に何もナシっていうのも流石《さすが》にちょっと、と思ったので――今回は『読者全員サービス・特別書き下ろしＳＳ』の企画を実施することにしました！

読む方法は簡単！　次の告知ページにあるＱＲコードを読み取って、専用ページにアクセスするだけ！　どこの書店さんで買った本でも電子書籍でも全部ＯＫです！

少しでも読者のみなさまにお楽しみいただければ幸いです。

あ、ついでにカノビジ関係の各種ＳＮＳへのＱＲコードも載せておくので、よろしければフォローしてくださいまし！　絶対損はさせまへんでー！（古典的あきんどムーヴ）

そして最後に恒例の謝辞です！

まずはセンスえぐえぐイラストレーター夏ハルさん！　今巻のぶっ飛びキャラクターたちを完璧に捉えたキャラデザ、本当にお見事でした！　これからも頭おかしい（褒《ほ》め言葉）キャラがいっぱい出てくると思いますので、何卒よろしくお願い申し上げます。

そして担当編集大米さん！　いつも的確な赤字ツッコミと販促のお手伝い、本当にありがとうございます！　毎週日曜に強制的にライブ配信とかさせてすいませんでした！（笑）

それでは、次巻はいっぱい告知できるといいなと願いつつ、今回はこれくらいで。またね！

（２０２３年６月）

GAGAGAGAGAGAGAGAGAGAG

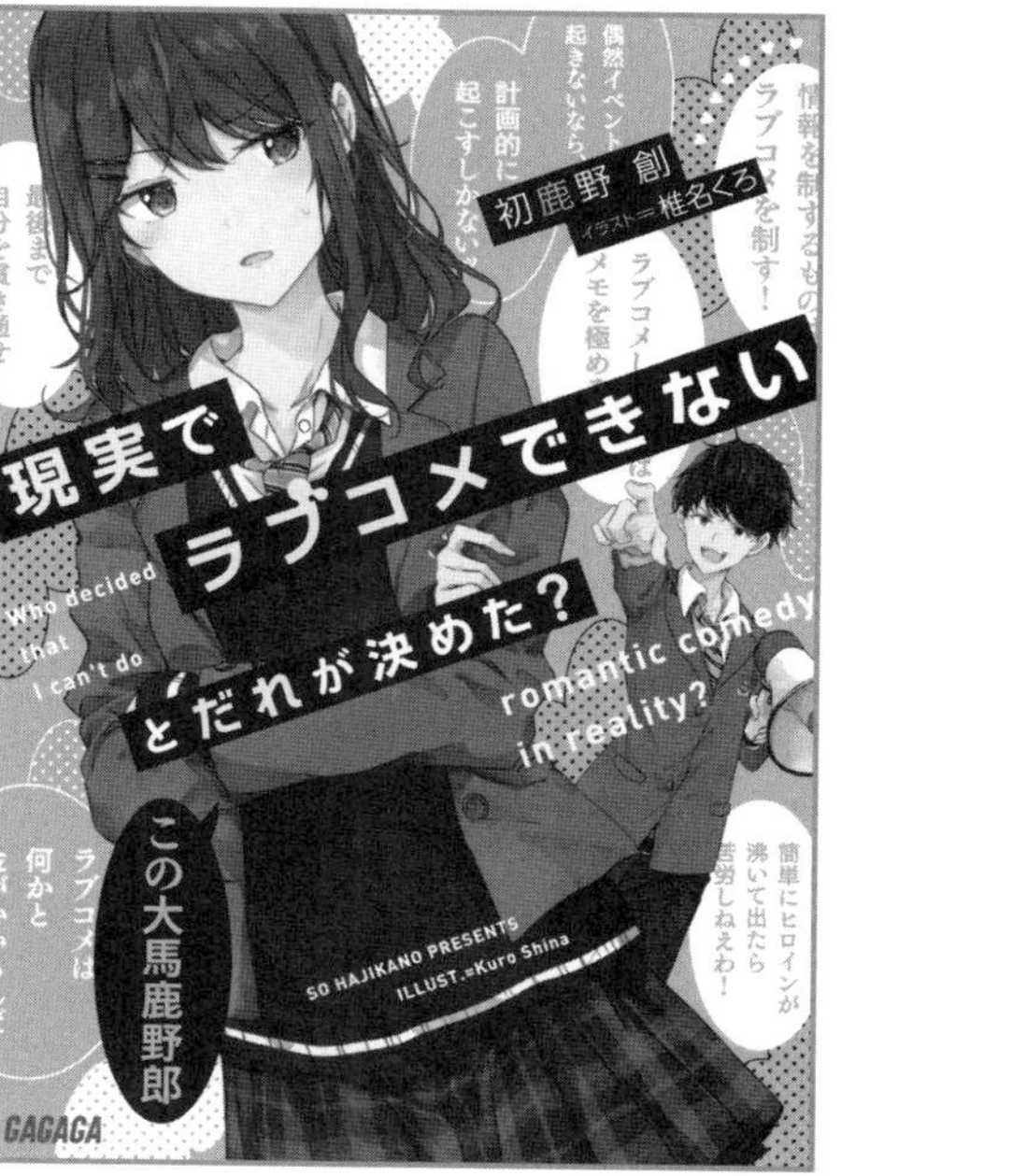

現実でラブコメできないとだれが決めた？

著／初鹿野《はじかの》 創《そう》

イラスト／椎名《しいな》くろ

定価：本体 660 円＋税

「ラブコメみたいな体験をしてみたい」と、誰しもが思ったことがあるだろう。
だが、現実でそんな劇的なことは起こらない。なら、自分で作るしかない！
これはラノベに憧れた俺が、現実をラブコメ色に染め上げる物語。

AGAGAGAGAGAGAGAGA

千歳くんはラムネ瓶のなか

著／裕夢《ひろむ》

イラスト／raems《レームズ》

定価：本体 630 円＋税

千歳朔は、陰でヤリチン糞野郎と叩かれながらも学内トップカーストに君臨するリア充である。円滑に新クラスをスタートさせたのも束の間、とある引きこもり生徒の更生を頼まれて……？　青春ラブコメの新風きたる！

GAGAGAGAGAGAGAGAGAG

いつか憧れたキャラクターは現在使われておりません。

著／詠《よみ》井《い》晴《はる》佳《か》

イラスト／萩森《はぎもり》じあ

定価 858 円（税込）

19歳の成央の前に現れたのは、15歳の時に明澄俐乃のために作った
VRキャラ≪響來≫だった。響來の願いで再会した成央と俐乃は、19歳の現実と
理想に向き合っていく——さまよえるキャラクターと葛藤が紡ぐ青春ファンタジー。

ガガガ文庫8月刊

彼とカノジョの事業戦略《ビジネスプラン》2 ～詐欺師は、〝嘘〟をつかない。～

著／初鹿野《はじかの》 創《そう》

イラスト／夏《なつ》ハル

選抜試験を無事突破した成と伊那。強者たちとの戦いを前に、緊張を隠せない二人。そこに現れたダークホース、第6位・唯村阿久麻。そして現経済界の帝王、第1位・九十九弥彦。〈世界権競争〉本戦が今、幕を開ける。

ISBN978-4-09-453143-5（ガは8-8）　定価858円（税込）

獄門撫子此処ニ在リ

著／伏見七尾《ふしみななお》

イラスト／おしおしお

古都・京都。夜闇にひしめく怪異をも戦慄せしめる『獄門家』の娘、獄門撫子。化物を喰らうさだめの少女は、みずからを怖れぬ不可思議な女と出逢い——化物とヒトとの間に揺らぐ、うつくしくもおそろしき、少女鬼譚。

ISBN978-4-09-453142-8（ガふ6-1）　定価891円（税込）

さようなら、私たちに優しくなかった、すべての人々

著／中西《なかにし》 鼎《かなえ》

イラスト／しおん

姉を死へ追いやった者たちに復讐するため冥はこの町へ戻ってきた。封印された祭儀「オカカシツツミ」によって超常の力を得た彼女は、いじめられっ子の少年・栞とともに、七人の標的をひとりずつ殺していく。

ISBN978-4-09-453144-2（ガな11-3）　定価935円（税込）

ドスケベ催眠術師の子

著／桂嶋《けいしま》エイダ

イラスト／浜弓場《はまゆば》 双《そう》

「私は片桐真友。二代目ドスケベ催眠術師。いえい」　転校初日に“狂乱全裸祭”を引き起こした彼女の目的は、初代の子であるサジの協力をとりつけることで——？　衝撃のドスケベ催眠×青春コメディ!!

ISBN978-4-09-453145-9（ガけ1-1）　定価836円（税込）

バスタブで暮らす

著／四季大雅《しきたいが》

イラスト／柳《やなぎ》すえ

磯原めだかは人とはちょっと違う感性を持つ女の子。就職に失敗し実家へとんぼ返りしためだかは、逃げ込むように、心落ち着くバスタブのなかで暮らし始めることに……。笑って泣ける、新しい家族の物語。

ISBN978-4-09-453146-6（ガし7-2）　定価814円（税込）

僕を成り上がらせようとする最強女師匠たちが育成方針を巡って修羅場5

著／赤城大空《あかぎひろたか》

イラスト／タジマ粒子《りゅうし》

大怪盗セラスから学長宛に届いた予告状。アルメリアの至宝を頂くとあるが——狙いはまさかのクロス!?
女師匠たちもブチギレる、クロス争奪戦が幕を開ける——！

ISBN978-4-09-453147-3（ガあ11-30）　定価814円（税込）

GAGAGA

ガガガ文庫

彼とカノジョの事業戦略《ビジネスプラン》2
～詐欺師は、〝嘘〟をつかない。～

初鹿野 創

発行　2023年8月23日　初版第1刷発行

発行人　鳥光 裕

編集人　星野博規

編集　大米 稔

発行所　株式会社小学館
〒101-8001 東京都千代田区一ツ橋2-3-1
［編集］03-3230-9343　［販売］03-5281-3556

カバー印刷　株式会社美松堂

印刷・製本　図書印刷株式会社

Printed in Japan　ISBN978-4-09-453143-5

第18回小学館ライトノベル大賞
応募要項!!!!!!!!!!!!!!!!!!!!!!!!!!

ゲスト審査員は宇佐義大氏!!!!!!!!!!!!
（プロデューサー、株式会社グッドスマイルカンパニー 取締役、株式会社トリガー 代表取締役副社長）

大賞：200万円＆デビュー確約
ガガガ賞：100万円＆デビュー確約
優秀賞：50万円＆デビュー確約
審査員特別賞：50万円＆デビュー確約
スーパーヒーローコミックス原作賞：30万円＆コミック化確約
（てれびくん編集部主催）

第一次審査通過者全員に、評価シート＆寸評をお送りします

内容 ビジュアルが付くことを意識した、エンターテインメント小説であること。ファンタジー、ミステリー、恋愛、ＳＦなどジャンルは不問。商業的に未発表作品であること。
（同人誌や営利目的でない個人のWEB上での作品掲載は可。その場合は同人誌名またはサイト名を明記のこと）

選考 ガガガ文庫編集部＋ゲスト審査員 宇佐義大
（スーパーヒーローコミックス原作賞はてれびくん編集部による選考）

資格 プロ・アマ・年齢不問

原稿枚数 ワープロ原稿の規定書式【１枚に42字×34行、縦書き】で、70～150枚。

締め切り 2023年９月末日（当日消印有効）※Web投稿は日付変更までにアップロード完了。

発表 2024年３月刊『ガ報』、及びガガガ文庫公式WEBサイト GAGAGA WIREにて

紙での応募 次の３点を番号順に重ね合わせ、右上をクリップ等（※紐は不可）で綴じて送ってください。※手書き原稿での応募は不可。

① 作品タイトル、原稿枚数、郵便番号、住所、氏名（本名、ペンネーム使用の場合はペンネームも併記）、年齢、略歴、電話番号の順に明記した紙
② 800字以内であらすじ
③ 応募作品（必ずページ順に番号をふること）

応募先 〒101-8001 東京都千代田区一ツ橋 2-3-1
小学館　第四コミック局　ライトノベル大賞係

Webでの応募 ガガガ文庫公式WEBサイト GAGAGA WIREの小学館ライトノベル大賞ページから専用の作品投稿フォームにアクセス、必要情報を入力の上、ご応募ください。
※データ形式は、テキスト（txt）、ワード（doc、docx）のみとなります。
※Webと郵送で同一作品の応募はしないようにしてください。
※同一回の応募において、改稿版を含め同じ作品は一度しか投稿できません。よく推敲の上、アップロードください。

注意 ○応募作品は返却致しません。○選考に関するお問い合わせには応じられません。○二重投稿作品はいっさい受け付けません。○受賞作品の出版権及び映像化、コミック化、ゲーム化などの二次使用権はすべて小学館に帰属します。別途、規定の印税をお支払いいたします。○応募された方の個人情報は、本大賞以外の目的に利用することはありません。○事故防止の観点から、追跡サービス等が可能な配送方法を利用されることをおすすめします。○作品を複数応募する場合は、一作品ごとに別々の封筒に入れてご応募ください。